HISTORIA DE UNA FAMILIA

Ari Wurmann

Ari Wurmann

Palabras del autor

Mi abuelo paterno se llamaba Herman y nació en una ciudad llamada Czernowitz. El abuelo paterno de mi señora, curiosamente, también se llamaba Herman y también nació en la misma ciudad. Además, mi segundo nombre es Herman, lo que de alguna forma u otra siempre me ha unido a mi abuelo a pesar de no haberlo conocido.

Dada esta "casualidad" de la vida, es que siempre he querido entender un poco sobre la historia de esta ciudad, que tantos cambios ha sufrido.

Al comenzar a leer sobre ella, me encontré con una historia impresionante y absolutamente atractiva, que sin duda ayuda a entender lo que vivían los judíos a fines del siglo XIX y comienzos del siglo XX.

En Czernowitz podemos ver y vivir el proceso de emancipación de los judíos, así como la rebeldía de los más jóvenes y liberales contra las "viejas costumbres" de sus padres más tradicionalistas.

Estos jóvenes, aburridos de la pobreza, de vivir separados y no ser aceptados y fuertemente motivados por aires de cambios, principalmente provenientes de Alemania, buscaron nuevas formas de relacionarse con su entorno, logrando un gran desarrollo económico y también liderazgo político en la región.

Más que un libro este es un trabajo de investigación que terminó convirtiéndose en una historia.

El libro no tiene más pretensiones que dar a conocer la historia de esta ciudad y de ayudar a entender el proceso que vivieron los judíos y el judaísmo antes y luego de la guerra.

No pretende ser una gran novela ni mucho menos, sino más bien un proceso que me sirvió a mí para investigar la historia de familias como la mía, la de mi señora o tantas otras, que huyeron de Europa para continuar su vida en Sudamérica.

Los personajes de la familia Green son ficticios y no pretender retratar a nadie en particular. Sí, los personajes históricos que aparecen en el libro son reales e intervienen en la historia tal como lo hicieron en la vida real, pero quiero aclarar que este libro no pretende ser un libro de historia universal, sino más bien sirve para entender la historia en un gran contexto y no en temas específicos.

La foto de la portada es una foto de mis bisabuelos con mi abuelo Herman y su hermano Efraím, un par de años antes del comienzo de la Segunda Guerra Mundial. Mi abuelo fue el único que sobrevivió, ya que logró escapar antes de la llegada de los Nazis a Czernowitz.

Para terminar, quiero dedicar este libro a todos los judíos que murieron durante el Holocausto y a aquellos que sobrevivieron y que tuvieron que rehacer sus vidas en lugares tan lejanos como Chile.

Gracias a todos ellos que, a pesar de todo, continuaron manteniendo algunas tradiciones o simplemente conservaron su orgullo por pertenecer al pueblo judío. Gracias a eso, hoy muchos podemos volver a nuestras raíces, sentirnos orgullosos de ser judíos y poder caminar libremente por las calles con una kipá puesta en la cabeza.

Ari Wurmann

Ari Wurmann

Prólogo

Chernivitsí es una ciudad al suroeste de Ucrania. Está ubicada en el curso superior del río Prut, un afluente del Danubio, en la parte norte de la región histórica de Bucovina que actualmente se divide entre Ucrania y Rumania.

Por los rumanos es conocida como Cernauti, por lo húngaros como Cernovic y en alemán Czernowitz. Es así también como la llaman aun los judíos.

Es imposible hablar de Czernowitz y de su historia y no hablar de los judíos.

El documento más antiguo que menciona presencia judía en la ciudad data del año 1408. Durante los siglos XVI y XVII la población judía aumentó considerablemente. Durante esos años los judíos hablaban principalmente Idish y se dedicaban al comercio.

El progreso económico y el crecimiento de la ciudad provocaron que los judíos cambiaran su forma de interactuar con el resto de la sociedad. Como principales actores del comercio y propietarios de bienes raíces, promovieron el uso del idioma alemán y la cultura como medio para alcanzar la aceptación y el progreso social.

Ari Wurmann

A fines del siglo XVIII, aunque las escuelas judías siguieron siendo mayoría, muchas familias decidieron enviar a sus hijos a escuelas públicas donde aprendían alemán e interactuaban con niños de otras religiones.

Al ser nombrada capital de Bucovina, la nueva provincia del imperio Austrohúngaro en 1848, Czernowitz, disfrutó de varias décadas de un gran crecimiento.

Finalmente, en el año 1867, los judíos obtuvieron la emancipación por parte del imperio, obteniendo así, por fin, un cierto nivel de igualdad de derechos.

Capítulo 1
Santiago de Chile, marzo 1990

Era una celebración íntima. Eso es lo que había pedido Nana como la llamaban sus nietos. En el living de la gran casona familiar de Pirque estaban sentados conversando, por un lado, los adultos y por otro lado los nietos. Sin duda alguna, el ambiente era especial. Todos de alguna u otra manera entendían las razones que tenía Nana para no celebrar en grande su cumpleaños número 70. Pero al mismo tiempo, les llamaba mucho la atención, que ella, quien era conocida por su gran vida social y por sus espectaculares fiestas quisiera algo tan íntimo.

El abuelo, Tata como le llamaban sus nietos – tataie significa abuelo en rumano – llevaba ya más de cien días en coma, luego de luchar por años contra una diabetes muy avanzada. Esta enfermedad, lo desgastó mucho los últimos años, pero, aun así, él se mantenía alegre y muy social. Era un gran ejemplo para la familia. A los 72 años parecía de 60 y trabajaba arduamente en la empresa de la familia y especialmente en el campo de la gran casona en Pirque. Le gustaba preocuparse de todos los detalles. Su memoria privilegiada le permitía recordar prácticamente todo sin necesidad alguna de anotar nada. Se acordaba del nombre de todos sus empleados e incluso de muchos de ellos se acordaba de sus cumpleaños sin ayuda de que su secretaria se los recordara. Un hombre de familia, pero muy bien conectado en la sociedad chilena. A pesar de no haber nacido en Chile, llevaba más de 40 años viviendo en el país, y ya se sentía parte de este. Irónicamente, no fue la diabetes lo que lo llevó al coma. Lamentablemente un día saliendo de la ducha se resbaló y golpeó fuertemente en la cabeza, quedando en coma sin muchas esperanzas de que despierte.

Sin duda alguna la caída del Tata fue un gran golpe para la familia. El patriarca y buque insigne de la familia ya no estaba ahí con ellos para liderarlos. Si bien, todos sabían que, en la interna, la Nana era la que verdad mandaba, a nadie jamás se le hubiera ocurrido decirlo. El Tata era el gran caudillo de la familia y ahora no estaba ahí con ellos para celebrar los setenta años de su querida Nana.

Los cinco nietos jugaban cartas tirados en el suelo cerca de una esquina del gran living familiar. A ellos siempre les gustó esta casa, en la cual pasaban muchos veranos todos juntos y celebraban las grandes ocasiones de la familia. Casi todos los cumpleaños se celebraban ahí. El matrimonio de las tres hijas de la familia e incluso celebraciones de la empresa se realizaban en esta casona.

Sentadas alrededor de la mesa de centro, conversaban las tres hermanas con sus respectivos maridos. Todos disfrutando del aperitivo y de los ricos picoteos puestos sobre la mesa. Andrea, la hermana mayor, jugaba con su pisco sour, mientras discutía de política con Juan Eduardo, su marido. Como era de costumbre, ellos estaban discutiendo de política, casi como si el resto de los asistentes no existieran. Era un tema de moda en todo caso para casi todos. El país llevaba recién una semana desde que había vuelto a la Democracia, luego de casi 17 años de gobierno militar, como le decía Juan Eduardo o de Dictadura como le recordaba amablemente su cuñado Hernán cada vez que podía. Sin duda alguna esa última semana había estado marcada por la asunción de Patricio Aylwin como presidente de Chile. Todo en una increíble ceremonia en la cual el mismísimo general Augusto Pinochet entregó el mando a su sucesor. Algo completamente inédito en la historia. Otro tema que los tenía muy cautivados era que ese día se habían realizado las primeras elecciones libres de la República Democrática Alemana (RDA) y las increíbles noticias de que a pesar del miedo a que el fantasma de la Stasi, otrora omnipresente policía política, pudiera entorpecer los comicios, todos los resultados parciales daban por ganadora a la derecha aliada de Helmut Kohl, canciller de la Alemania Federal, lo que abriría una gran oportunidad a la esperada unificación.

Por otro lado, Marcela y Carla, las otras dos hermanas, conversaban sobre un viaje que habían planeado hacer y que pospusieron cuando se cayó el papá. Llevaban meses organizando todo con sus maridos para poder dejarles a los niños y hacer un viaje con sus padres a Europa y recorrer los lugares en donde ellos habían nacido. Marcela pensaba que ahora debían ir con su madre, ya que nunca se sabía cuándo pasaban las cosas y quizás nunca llegarán a poder ir todos juntos. En cambio, Carla no estaba de acuerdo en viajar, mientras el papá estuviera en coma. Lo veía como algo terrible.

Hernán e Ignacio, los maridos de Marcela y Carla respectivamente, conversaban del último partido del equipo de sus amores, Colo-Colo. Esa misma tarde, por la primera fecha de la Copa Digeder, se habían enfrentado la Universidad de Chile contra Colo-Colo, en el gran clásico del futbol chileno, con triunfo del equipo Albo por 3-0, con goles del negro Salgado, otro del polaco Dabrowski y un autogol de Horacio Rivas. La conversación se centraba especialmente en los recién estrenados Tiro Libre sin Barrera, una curiosidad reglamentaria que duró seis meses, en el Chile de 1990. Estos básicamente consistían en un penal desde algún punto del semicírculo del área grande, cuando un defensor cometía una falta en los últimos 25 metros de su mitad.

Pero la verdad es que todos esperaban ansiosos a Nana para poder sentarse a la mesa y poder festejarla por su cumpleaños a pesar de la tristeza por la situación del Tata. Si bien era común que Nana se demorara en bajar a la hora de la cena hoy se estaba demorando más de lo normal. Marcela se disponía a ir a ver si algo pasaba, justo cuando apareció lo festejada vestida como si se tratara de una fiesta de gala con quinientos invitados. No representaba para nada su edad y lucía realmente despampanante. Ana Singer era una mujer especialmente dulce. Sus hijas y sus nietos eran su vida, pero al mismo tiempo ella era una mujer elegante y muy sofisticada.

Pero algo había extraño en ella ese día. Se le veía particularmente nerviosa. Algo no común en ella, ya que era conocida por su seguridad. Si bien, de inmediato besó a sus nietos y sus hijas la abrazaron, algo había en ella ese día que era distinto. En una ocasión así, lo habitual hubiera sido que el Tata alzara una copa e hiciera un brindis y nadie sabía quién debía tomar la iniciativa ni nadie se atrevía a tomar el lugar del patriarca. Fue entonces cuando Nana les dijo que tenía algo muy importante que comunicar a la familia. De forma casi inmediata, todos preguntaron si se trataba del Tata y ella las tranquilizó diciendo que no había novedades con respecto a su condición médica, pero que lo que quería contarles sí tenía que ver con él, con ella, pero también con todos los que estaban presentes.

Nana se sentó en el sillón principal del living y todos agruparon alrededor de ella para escucharla. Ella pidió agua y dijo que lo que les estaba a punto de contar, era muy importante y que llevaban años discutiendo con su marido, cuándo decirles y cómo. Pero finalmente no se atrevían y lo dejaban para una mejor ocasión.

El ambiente estaba tenso y nadie se atrevía a hablar. Juan Eduardo, al ser abogado, tenía ganas de invitarla a proceder, pero sabía que Andrea lo retaría sí interrumpía a su madre.

Ana, les comentó que ella decidió que ya era hora y que no podía esperar más. El estado de salud de Alfredo, el Tata, no permitía demorarse más y que ya era hora que todos se enteraran de la verdad que habían estado guardando por tanto años.

Después de mostrarse dubitativa comenzó diciendo que quizás hoy no entenderán bien las razones que tuvieron ellos en su minuto para mentir, pero que lo que más querían era protegerse y proteger a su futura familia.

Las tres hijas se miraban como heladas. Nunca habían visto a su madre así y no entendían qué estaba pasando. Los nietos más serios que de costumbre se empezaron a preocupar al verles las caras a sus madres y todos ya estaban un poco desesperados por conocer de qué se trataba todo esto.

Como saben, dijo Ana, con Alfredo, nosotros llegamos a Chile el año 1946, en un barco que salió de Hamburgo y que nacimos en Rumania. Esa es la historia que ustedes conocen, ya que la verdad es que nosotros nacimos en Czernowitz, hoy conocido como Chernivitzi, dado que hoy pertenece a Ucrania. Nosotros teníamos papeles que nos permitían salir de Rumania y siempre dijimos que habíamos nacido en Rumania, lo cual de cierto modo es verdad, pero esa no es toda la historia.

Querida suegra, la interrumpió Ignacio, si bien entiendo que nos quiera contar la verdad, no entiendo por qué esto es tan importante. Sabemos todos, que Alfredo y usted decidieron que no querían vivir en un país comunista y que sus padres habían fallecido en un bombardeo en la segunda guerra, por lo que no tenían muchas razones para quedarse en Rumania…bueno en Ucrania o la URRS o lo que sea, pero no lo vea como algo tan grave. Más bien, es lógico que quisieran mentir en su momento, ya que estaban desesperados por escapar del comunismo y seguramente esta mentira derivó en otra y luego en otra y al final y al cabo han pasado más de 40 años y ya no sabían cómo salir de esto, pero no es para tanto, tranquilícese. Además, según entiendo esa zona era parte del imperio Austrohúngaro hasta el fin de la primera guerra, luego rumana, luego de la Unión Soviética y ahora es Ucrania, por lo que en parte ustedes si son rumanos. Así que para nosotros siguen siendo rumanos y nada cambia.

Ana lo miró con cariño, pero con pena. Ignacio, le dijo: No he terminado. Apenas comienza la historia, pero te voy a resumir todo lo que les quiero decir en una sola frase. Nosotros escapamos de Europa no por el Comunismo, sino porque somos judíos.

Ari Wurmann

Capítulo 2
Czernowitz, Imperio Austrohúngaro, 1870

Era quizás la reunión más importante de la historia de la comunidad judía en Czernowitz. Estaba gran parte de los hombres reunidos para escuchar a Avrum Goldnfoden, quien era uno de los prominentes líderes de la Haskalá, también conocida como el iluminismo judío, movimiento cuyo principal objetivo era la integración de los judíos europeos en el mundo secular. La expectación por escuchar el discurso de este joven de treinta y un años era impresionante, considerando la gran cantidad líderes ortodoxos presentes, absolutamente contrarios al discurso propuesto por este joven ruso.

La llegada de Goldnfoden a Czernowitz, coincidía con uno de los momentos más conflictivos de la historia judía de la ciudad. El movimiento reformista, liderado por el Rabino Eliezer Elijah Igel, quien rezaba en alemán y era considerado un hereje por los mayores de la ciudad y el grupo ortodoxo, quienes veían en la Haskalá un movimiento peligroso que a la larga llevaría a la desaparición del judaísmo.

Mientras esperaban la aparición del joven ruso, tomó la palabra el Rabino Igel, quien pocas horas antes había sido nombrado Gran Rabino de Czernowitz por los líderes adinerados de la ciudad sin el consentimiento de las autoridades religiosas, para explicar el porqué de la importancia de mantener a la comunidad unidad bajo un mismo Gran Rabino y no separarse. Con gran pasión explicó que los mayores debían entender a la juventud, que buscaba más integración, mayor diversidad y un crecimiento cultural que incorpore los valores del Imperio en la vida judía.

"Nosotros los judíos no podemos seguir separándonos de nuestros hermanos austrohúngaros, quienes nos han aceptado ya hace algunos años como miembros de la sociedad. Es hora de que les devolvamos la mano y les demostremos que somos iguales a ellos. No es necesario mantenernos encerrados en nuestros shüls, sinagogas, y seguir usando la kipá, en la vida cotidiana.

Hemos visto cómo nosotros y nuestros jóvenes hemos asistido a escuelas públicas a aprender alemán y hemos sido aceptados como iguales a pesar de seguir siendo distintos. Debemos entender que el progreso económico de nuestra comunidad nos obliga a integrarnos con nuestro entorno. Somos promotores de una nueva economía en esta región y debemos promover la modernización de nuestra ciudad y la única forma de hacerlo es usar el alemán como idioma principal y abrir nuestra forma de vida para ser completamente aceptados e integrados socialmente.

Debemos seguir siendo líderes de nuestra ciudad. Somos alrededor del treinta por ciento de los habitantes de nuestro querido Czernowitz y hoy los parlamentarios representantes de la Cámara de la Industria y Comercio son principalmente judíos que se han emancipado. Miren lo que hemos logrado. Hoy, gracias a ser más abiertos y no tan estrictos en nuestras normas, somos aceptados en cargos públicos y vivimos en paz en nuestra comunidad. Dado todos estos avances, es fundamental mantener el orden y mantenernos unidos. No podemos aceptar retroceder y hoy debemos mirar hacia el futuro, entendiendo que hoy somos ciudadanos del Imperio y que juntos debemos hacer crecer nuestra patria."

Los aplausos y gritos no se hicieron esperar. Los jóvenes principalmente consideraban al Rabino Igel, el líder que por fin lograría la aceptación definitiva de los judíos en todos los ámbitos. Si bien la emancipación en Czernowitz fue completada en 1867, aún gran parte de ellos estudiaban en jeders, centros de estudios de Torá y no se mezclaban con los ciudadanos austrohúngaros. Los jóvenes buscaban dar el paso definitivo a la integración y veían en el discurso de Goldnfoden como el punto final de un camino que había sido muy largo para ellos.

Entre estos jóvenes entusiastas se encontraba Herschel Ben Yankel o Herschel Grien, quien con apenas dieciséis años escuchaba las palabras del Rabino como las mismas que él soñaba con decirle a su padre, pero que simplemente no se atrevía. El padre de Herschel, Rab Yankel o Yakov, era rosh, líder, de una importante yeshiva, tipos de escuelas de estudio de Torá y Talmud de la ciudad y veía con muy malos ojos todo esto de la integración. Rab Yankel temía que todos estos nuevos movimientos causaran que el amor por respetar las normas de la Torá desapareciera y por ende llevará a la destrucción del judaísmo y por otro lado estaba convencido que el integrarse a la sociedad gentil llevaría tarde o temprano a que los *goyim*, gentiles, empezaran a mostrar un odio hacia los judíos generando muchísimo antisemitismo y grandes problemas para la comunidad. Rab Yankel era uno de los líderes opositores a los maskilim, seguidores del iluminismo judío.

Pero nada de eso le hacía sentido al joven Herschel. Él había crecido en una casa jasídica, importante movimiento judío ortodoxo que nace en el siglo XVIII cuya filosofía de vida reúne los aspectos más profundos del misticismo judío junto a sus aspectos más literales y tradicionales. Una de sus principales características, quizás, es la forma de vestir de sus seguidores varones. Durante los días de semana se suelen usar trajes largos negros o de color oscuro con sombrero. En Shabat, el sábado judío, se usan trajes negros de seda llamados *bekishes* y sombreros de piel llamados *shtreimel*. Además, los jasídicos normalmente no se afeitan la barba y se dejan crecer mechones largos de pelo a los lados de la cabeza en forma de tirabuzones, llamados *peyeh* o en plural *peyos*.

Herschel, durante su vida nunca había vestido de otro color que no fuera el blanco con negro y utilizaba el pelo muy corto con la excepción de largos *peyos* que resaltaban su calidad de joven judío. Él envidiaba a los jóvenes más modernos que vestían de forma "normal", como lo llamaba él, y que se cortaban el pelo estilo austrohúngaro. Además, sentía que muchas de las costumbres que su padre le enseñaba eran buenas, pero para otra época. Si bien era un muy buen alumno y tenía muchos conocimientos de Torá y leyes judías, discrepaba internamente con muchas de estas leyes.

En la *yeshiva* de su padre era conocido como un buen estudiante, pero al mismo tiempo muchos profesores y rabinos habían hablado con su padre para advertirle de las ideas *modernas* de su hijo. Herschel pensaba que no era posible que, existiendo tanta pobreza, el judío dejara de trabajar todos los sábados o gastar más en carne por tener que ser *kosher*.

A pesar de la oposición de su padre, Herschel asistió durante años a la escuela pública para aprender alemán y lo hablaba muy bien. Así era como se había mezclado con grupos de jóvenes *maskilim* que se juntaban a discutir las ideas de Karl Emil Franzos, un joven iluminista, quien se había graduado del *gymnasium*, algo así como la secundaria en 1867, y lideraba a muchos de los jóvenes con sus ideas progresistas y modernizadoras de la vida judía. Hershel asistía a todas estas reuniones en secreto y sin contarle, por supuesto, nada a su padre.

La verdad era que el joven Herschel tenía la secreta esperanza que la reunión de hoy abriría los ojos de su padre y todos pudieran avanzar hacia la emancipación y a un judaísmo más moderno e integrado a la sociedad gentil.

Qué manera de estar equivocado. Apenas terminaron los gritos y aplausos por el discurso del Rabino Igel, el propio padre de Herschel, junto a otros líderes de la ortodoxia judía, se levantaron y empezaron a gritar en Idish cosas en contra de los *maskilim* y para peor es que se veían absolutamente fuera de sí. Estaba en eso cuando por fin hizo su entrada el invitado de honor, Avrum Goldnfoden, quien se había atrasado y eso logró calmar los ánimos un poco.

Avrum se subió el podio para comenzar su discurso, no sin antes percatarse de lo heterogénea de la audiencia. En general se podía observar que a su izquierda se encontraban los más "iluminados" y a su derecha las más religiosos. Avrum era un hombre brillante y en vez de comenzar con algo incendiario comenzó haciéndole un guiño a los mayores y ortodoxos.

"Estimados amigos, comenzó, hoy no estamos reunidos para llevar a los judíos a la asimilación sino todo lo contrario: queremos mantener a toda esta juventud que está pidiendo cambios dentro de nuestra comunidad. Tenemos que lograr que todos estos nuevos profesionales, en vez de abandonar nuestras costumbres e incluso se puedan convertir al cristianismo, se mantengan siendo judíos. No queremos eliminar nuestras tradiciones ya que queremos seguir siendo judíos."

Los ortodoxos lo miraban medios escépticos, pero más tranquilos.

"Pero amigos, continuó, al mismo tiempo debemos reconocer que es muy fácil culpar a los movimientos modernos de la falta de interés de nuestros jóvenes y

algunos no tan jóvenes por nuestros ritos y costumbres. Es fácil criticar a la apertura cultural en vez de darse cuenta de que el judaísmo tradicional no está respondiendo a las demandas y desafíos de nuestra época. Lo que nosotros buscamos no es otra cosa que frenar la asimilación y darle sentido al judaísmo y a los judíos mismos de acuerdo a los nuevos desafíos que nos presenta la sociedad en donde vivimos.

Por primera vez en siglos, quizás, hoy podemos vivir como ciudadanos y nos están abriendo la mano para pertenecer. Es eso lo que queremos. Pertenecer al lugar de donde somos. No podemos seguir separados y segregados del resto de la sociedad. El judaísmo no existe sin los judíos y los judíos somos humanos que cambian juntamente con su entorno. El judaísmo tradicional ha fracasado en capturar los corazones de los judíos y por lo tanto lo que debemos hacer es flexibilizar, renovar y reformar con tal de reencantar a los judíos y al mismo tiempo poder integrarlos a la sociedad civil de nuestro país. No estamos diciendo que no hay que cumplir mitzvot, preceptos judíos, sino que hay que revisar cuales se hacen en privado y cuales hay que flexibilizar. ¿Es necesario, me pregunto, si uno trabaja en el gobierno de Czernowitz andar con Kipá? ¿Es necesario que no pueda almorzar con los compañeros de trabajo porque el local no es Kosher? No estamos diciendo que uno tiene que comer cerdo, claro que no. Pero ¿tiene algo de malo la comida austrohúngara para nosotros? ¿Tiene algo de malo rezar en alemán? ¿Tiene algo de malo querer ser amigo de mi vecino y comer en su casa? ..."

Con cada pregunta que hacía, se escuchaban los vítores de aprobación de los más "modernos" o los gritos de desaprobación de los más conservadores. El ambiente estaba sumamente tenso, pero al mismo tiempo se podía percibir la pasión que estaba exaltando en la juventud Avrum con la fuerza de sus palabras.

"Hemos visto, prosiguió, como en los últimos años, gracias a hombres como Gabriel Riesser, un abogado judío de Hamburgo, quien exigió igualdad civil completa, se ha logrado despertar a la opinión pública y en varios lugares ya se ha concedido. Hoy, acá en Czernowitz, sin ir más lejos, somos iguales al resto de la población. Tenemos derechos, pero también obligaciones. Nuestra obligación es ser parte de la sociedad. Si queremos ser ciudadanos no podemos seguir sintiéndonos extranjeros. Es hora ya que nos integremos a la sociedad que nos invita a integrarnos. No pretendo ni quiero obligar a nadie a que deje sus creencias de lado ni que si quiere vestirse de negro deje de hacerlo o que se corten los peyos. Esa no es mi idea. Pero si quiero pedirles que no nos obliguen al resto a hacerlo y que dejen evolucionar a sus hijos para poder ser leales y verdaderos ciudadanos del imperio.

Apenas terminó, se levantó Rabbi Weiss y subió al podio y dijo unas breves palabras. *"Está más que claro que lo que quieren es destruir al judaísmo. Llevamos alrededor de tres mil quinientos años viviendo de una cierta manera y cumpliendo con nuestras mitzvot y no vamos a permitir que un grupo de jóvenes venga a decirnos qué hacer.*

Nuestra religión se basa en la sabiduría y en el respeto en los mayores y en los sabios.

No es la primera vez en la historia que vienen a tratar de cambiarnos y nuestros padres no los dejaron antes y nosotros no lo permitiremos ahora. Nosotros seguiremos cumpliendo con lo que Hashem (una forma de referirse a Dios con respeto) nos ordenó y rezando para que todos ustedes entiendan lo equivocados que están. Desde hoy, nosotros, todos los rabinos ortodoxos no pertenecemos más a esta comunidad. Nuestras yeshivot seguirán funcionando y nosotros seguiremos con nuestra vida. Dejamos hoy en claro que nosotros no aceptamos ni respetamos a Rab Igel como Gran Rabino y mucho menos aceptamos que un mocoso como este tal Goldnfoden nos venga a dar cátedra de cómo educar a nuestros hijos."

Dicho esto, todos los más conservadores y ortodoxos de la comunidad de pararon y se fueron. Rab Yankel Grien agarró de la mano a su hijo Herschel para que se fuera con ellos. Herschel lo miro, le soltó el brazo y le dijo: padre, te amo, pero yo no voy. Yo me quedo acá.

Ari Wurmann

Capítulo 3
Santiago de Chile, marzo 1990

Juan Eduardo Larrain es un abogado conocido. Socio del Estudio Larrain & Ossandón y primer vicepresidente de un importante partido de derecha de Chile, es un hombre influyente y con mucho futuro en la política chilena. Para las últimas elecciones no quiso ir como candidato a diputado, pero sí estuvo detrás de toda la maquinaria partidista en apoyo a los candidatos de su partido.

Su familia es una familia tradicionalista chilena, muy cercana al Opus Dei, institución perteneciente a la iglesia católica cuya misión consiste en fomentar entre los bautizados la conciencia de la llamada universal a la santidad. Él es miembro del Opus Dei, pero se ha alejado con los años, sobre todo cuando sintió rechazo por casarse con una atea, como se autodefine Andrea.

Su familia, si bien se portó bien con Andrea, le hizo saber claramente a Juan Eduardo que no estaban de acuerdo con que se casara únicamente por el Civil, ya que esa era una de las condiciones puestas por Andrea, por su condición de atea. Aún ahora, luego de poco más de veinte años de matrimonio siguen existiendo ciertos roces con su familia por no haber bautizado a sus hijos ni haberlos mandado a colegios del Opus Dei. La madre de Juan Eduardo ha tratado por todos los medios de inculcarles la fe a sus nietos, Sebastián y Paula, sin mucho éxito, principalmente por la fuerte oposición de Andrea a cualquier cosa cercana a la religión.

Para la familia de Juan Eduardo, Andrea es descrita como una persona muy agradable pero que claramente tiene inclinaciones medio izquierdistas, por lo que no se ven mucho y si fuera por Andrea se verían aún menos.

Ese día, la casa no estaba para nada en calma. Juan Eduardo andaba como loco con esto de que ahora la familia de Andrea era judía y de alguna forma se lo hizo notar a su esposa.

Andrea, no dudó en increparlo, diciéndole que le importaba una mierda su posible carrera política y que lo que importaba era la familia. Que todos estos años han vivido en una mentira. Que tenía que ser menos egoísta y pensar en los demás por una vez en su vida. Que debía dejar de pensar solo en él y pensar por un momento, tan solo un momento en que esto se trataba de todos. Le dijo fuertemente, que la familia, los Green, se acababan de enterar de un secreto que por alguna razón que no lograba comprender les fue ocultado por todos estos años y que recién hoy su mamá se los había revelado.

Mamá, le preguntó, ¿por qué ahora? es porque papá está enfermo? tiene que ver con eso? ¿Nos puedes explicar las razones, los motivos? la verdad no logro entender! Papá siempre nos explicó que él no creía en Dios. Que los hombres inventaron a los dioses para crear excusas y ser mediocres y aceptar sus problemas y dificultades culpando a un ser supremo, y ¿ahora salen con que somos judíos? ¿eso significa que debemos creer en Dios? ¿No pensaron en nosotras? en nuestros hijos? ¿Qué quieren que hagamos ahora con esta información?

Carla, se acercó a Andrea, quien mientras trataba de ordenar sus ideas con todas esas preguntas lloraba desconsolada, como si toda su existencia y sus creencias fueran basadas en esta mentira. Carla, además de calmarla, tomó una posición más conciliadora y dijo: Recuerden, primero que nada, todos, que hoy es el cumpleaños de mamá. Que hoy estamos acá para celebrarla. Es verdad que nos ha contado algo que no esperábamos, pero al menos debemos darle la oportunidad de explicar las razones que tuvieron con papá para hacer lo que hicieron. Además, hay que entender también, el contexto histórico y el por qué deciden contarnos hoy. Pero todo esto en un ambiente sereno y calmado, para que todos podamos conversar como adultos. Recuerden, y miró a sus hijos, acá están nuestros hijos queridos y a ellos también les afecta lo que está pasando y es por eso que les pido que todos seamos razonables. Por qué no pasamos al comedor y mientras comemos le damos la oportunidad a nuestra madre de explicarnos todo con más detalles.

Muy buena idea, dijo Ignacio, tratando de relajar el ambiente. El aún no entendía qué tan grave era todo esto. Sí, era verdad que no habían sabido que eran judías antes, ¿pero y qué? él tenía muchos amigos judíos y no tenía ninguna diferencia con ellos. Para él esto podía llegar a ser una interesante historia familiar y nada cambiaba ni en su vida ni en la de sus hijos. Mientras se ponía de pie, le pasó la mano a Nana para ayudarla a ponerse de pie. Ella se veía agotada y mientras se levantaba dijo que esperaba poder explicar todo con calma y contestar sus preguntas, pero que ahora estaba servido y que le gustaría comer tranquila y celebrar sus setenta años junto a sus hijas, yernos y nietos.

Juan Eduardo, estaba cada vez más nervioso. No dejaba de pasearse de un lado al otro, como si esto se tratara de un juicio y él estuviera haciendo una pausa media dramática frente al jurado. Justo cuando Ana se puso de pie y todos empezaban a caminar hacia el comedor, empezó a explicar, casi gritando y bastante descontrolado, que él no estaba dispuesto a sentarse en la mesa con esa señora, que podía cagarle su carrera y le dijo a Andrea y a sus hijos que agarraran sus cosas, ya que ellos se iban a casa. Explicó que esperaba que todo se mantuviera en secreto, pero que él en estos momentos no estaba para celebraciones de ningún tipo y que tenía que ir a casa a planificar su estrategia comunicacional, casi como si se tratara del presidente, en el caso de que esta terrible noticia se ventilara públicamente, como si el que su señora fuera judía fuera una especie de estafa o enfermedad que pudiera complicarlo.

Inmediatamente Andrea, le dijo que ella se quedaba. Que, si bien estaba molesta, necesitaba entender a su madre y que además quería celebrarla como se merece. No por estar enojada e intrigada voy a irme en forma maleducada. Por último y de forma muy ruda, le dijo que no entendía qué significaba ser judía, pero que en todo caso eso no era un pecado y que él se estaba comportando de forma xenófoba por decir lo menos.

Ana, fue donde Juan Eduardo y demostrando la madurez que entregan los años, le dijo que ella siempre supo que su reacción iba a ser mala, pero que confiaba que con el tiempo ella tendrá tiempo de explicarle todo y que él entenderá. Le pidió que se quedara y que cenaran en paz. Nada de esto es el fin del mundo, le dijo, y lo agarró del brazo y lo besó en la mejilla.

A Juan Eduardo no le quedó otra que hacer una mueca que simulaba una sonrisa y la acompañó al comedor. Este estaba impresionante. La mesa familiar en donde cabían todos estaba realmente bella. La cantidad de comida era casi vergonzosa y Ana explicó que si bien, Alfredo no estaba presente físicamente, ella quería celebrar con todo, este momento tan especial.

Los ánimos de todos se calmaron bastante, con la excepción de Juan Eduardo, quien se mantuvo serio y en silencio durante toda la cena. El resto conversó de variados temas y cada uno de los nietos leyó algún pequeño discurso que habían preparado para su abuela. Nadie tocó el tema y nadie quiso hacer preguntas. Como que todos de alguna u otra forma esperaban que Nana comenzara a explicar nuevamente de qué se trataba todo esto, pero parecía que ella no tenía intenciones de tocar nuevamente el tema. En eso estaban, disfrutando de los postres, un espectacular bufete con al menos diez diferentes tipos de mousses, tortas, panqueques y pequeños dulces en una gran variedad, cuando el nieto menor, Ricardo de 12 años, único hijo de Carla e Ignacio le preguntó a la abuela; Nana le dijo, ¿Qué es judío?

El silencio de todos fue absoluto. Nana se acomodó en la silla y lo miró con ternura.

Capítulo 4
Czernowitz, abril 1880

Habían pasado, ya, diez años desde el día que le dijo que no se iba con su padre. El día en que todo cambió en su vida. El día en que por primera vez se atrevió a contradecir a su padre y mantenerse firme y sin miedo a la reacción de él. No era fácil decirle que no a Rab Yankel, y él se atrevió. Diez años pasaron desde que al día siguiente y frente a un espejo, se afeitó por primera vez en su vida y se cortó los *peyos*, mientras lloraba como un niño. Si bien Herschel estaba convencido de lo que estaba haciendo, en su fuero interno tenía una gran duda, fundada en sus conocimientos de Torá y Talmud y por eso lloraba.

Hoy, luego de diez años, y mientras caminaba hacia la casa de sus padres para visitarlos por primera vez desde aquella noche en 1870, pensaba en todo lo que había pasado en este tiempo.

Recordaba el día en que cambió la vestimenta de Jasídico por la de un joven austrohúngaro y se vistió como un *goy,* un no judío. Recordaba cuando por primera vez se sacó la *kipá,* y salió a la calle sin esta puesta y como miraba para todos lados como si alguien lo fuera a retar. Recordaba cuando por primera vez se acostó con una chica, a pesar de ser considerado un pecado fuera del matrimonio y cuándo comió por primera vez algo en un lugar *treif,* no *kosher.* La verdad es que en todo este tiempo habían pasado muchas cosas y probado muchas cosas, de las cuales no de todas estaba orgulloso, pero sí convencido que había sido bueno probarlas. Hoy, aún cuidaba el *Shabat,* pero no con tanta rigidez y no dejaba de respetar ninguna de las altas fiestas judías, como *Pesaj, Shavuot, Rosh Hashaná o Iom Kipur.* Siempre iba a la sinagoga y veía a su padre, quien hacía como si este no existiera. Él se sentía aún muy judío y defendía su derecho a ejercerlo de forma más libre y menos radical.

Desde la separación de la comunidad en dos, habían pasado muchas cosas. Después de años de disputa entre los ortodoxos y los más progresistas, liderados por los más acaudalados de la comunidad, cosa que les permitía controlar el *Kultusgemeinde,* la única entidad legal judía reconocida por el imperio y con la intermediación del alcalde de la ciudad, se logró un acuerdo de juntarse nuevamente en una comunidad. Esto era básicamente por un tema legal, ya que el imperio consideraba a todos los judíos que pertenecieran a otra entidad que no fuera la aceptada por el imperio, como un acto de asociación ilícita. Dado esto, los ortodoxos aceptaron que Rab Igel siguiera utilizando el cargo de Gran Rabino y nombraron a Rab Benjamín Weiss como *Rosh Beit Din,* algo así como el jefe la corte judía. Los ortodoxos siguieron rezando en la antigua sinagoga y manteniendo el control de la *Kashrut* de la comunidad. A pesar de supuestamente haber arreglado sus problemas, las diferencias se hacían cada día más patentes. Sobre todo, dentro de la sinagoga.

A los ortodoxos no les hacía gracia, la indiferencia y el poco respeto de los autollamados "judíos modernos", que ya no respetaban el Shabat y que no comían kasher.

Dado todo esto, Rab Igel, decidió que se hicieran dos servicios de Shabat separados; uno para los ortodoxos y un segundo para los progresistas en la escuela de coro. Pero esta solución duró poco, ya que el nuevo servicio, dirigido en alemán, con preciosos cánticos del coro y con sermones premodernidad empezaron a encantar cada día a más gente y se dieron cuenta que necesitaban un lugar más grande y adecuado. Es así como, con la autorización del Kaiser, el emperador, se decidió formar la Sociedad del Templo Israelita, con el objetivo de construir una nueva sinagoga, ahora llamada templo, término con que los reformistas demostraban que ya no les interesaba la reconstrucción del templo de Jerusalén, sino que más que nada su pertenencia al lugar de nacimiento. La primera piedra fue colocada en un gran acto, con la presencia de Rab Igel acompañado por el arzobispo de la Iglesia Ortodoxa, Dr. Hakman y el presidente de la Sociedad del Templo David Rottenberg. Finalmente, el nuevo templo fue inaugurado el 4 de septiembre de 1877 en un gran evento, ya que éste era considerado la sinagoga más hermosa del Este de Europa.

La separación entre judíos era cada día más notoria. La clase alta estaba cada día más asimilada, mientras que la clase baja permanecía fiel a los principios judíos practicado por sus padres y abuelos. El único contacto entre estos dos extremos era en la comunidad judía, a la cual había que pertenecer por ley y era la responsable de mantener los datos de matrimonios, nacimientos y defunciones.

Durante estos años, el crecimiento de la ciudad, las mejores conexiones férreas, construcción de calles y avenidas, mejoras en los alcantarillados de la ciudad y sobre todo el ingreso de los judíos a cargos públicos hizo que la vida de estos mejorará notablemente.

El número de judíos en Czernowitz era de casi treinta mil, siendo un poco más de treinta por ciento de la población total. Con una gran parte de los judíos, *modernizados,* ya no existían excusas para no "florecer" económicamente hablando. Más del ochenta por ciento de los nuevos negocios pertenecían a judíos. Las tres cervecerías de la ciudad pertenecían a judíos. De los treinta y cuatro molinos de la zona, veintiocho pertenecían a familias judías. Familias como los Axelrad, Fischer, Eidinger y Kraft entre otras manejaban los negocios más importantes de la ciudad. Cemento, harina, azúcar y vidrio entre otros. Los judíos eran muy activos productores agrícolas y muy buenos exportadores.

Czernowitz se convirtió en un importante polo de negocios. Se organizaban ferias y venía mucha gente de otras regiones a ver las producciones locales. Los hoteles también eran de judíos y muchos "cafés" también pertenecían a judíos modernos que habían convertido estos lugares en tabernas en donde se discutía principalmente de política.

Con la apertura la Universidad de Czernowitz en octubre de 1875, la inclusión de los judíos a la vida gentil fue aún mayor. Muchos jóvenes judíos ingresaron a estudiar filosofía o jurisprudencia e ingresaron a un mundo cultural y económico al cual no estaban acostumbrados. Después de siglos de encierro, a los judíos se les aceptaba como iguales, siendo por fin, parte integral de la sociedad.

Con su madre, Rivka se veían cada cierto tiempo, pero fuera de casa. Ella sufría al verlo así, pero lo que más la hacía sufrir era el quiebre en la relación entre Herschel y su padre. Además, éste no la dejaba invitarlo a su casa para celebrar las fiestas en familia y ninguno de sus hermanos quería verlo para que Herschel no fuera una mala influencia para sus sobrinos. Estaba claro que él era la oveja negra de la familia, el descarriado o como decir de su padre, el único Grien que se ha ido del *derej,* o camino.

Hoy por primera vez iba orgulloso a visitar a su padre para contarles que se había graduado de leyes en la universidad. Era el primer profesional de la familia. Mientras se acercaba a la casa ubicada en la parte baja de la ciudad, en donde aún no llegaba el agua potable y constantemente se sufría de inundaciones y de enfermedades, Herschel pensaba en las cosas que quería contarle a su padre. Lo que más quería es que su padre estuviera orgulloso de él.

Herschel, quería contarle de su viaje a Viena. Había ganado un premio por ser el mejor de su clase en la universidad y había tenido la oportunidad de ir a Viena y recorrer las hermosas calles de la capital de imperio. Quería contarle lo maravilloso que era viajar y recorrer diferentes ciudades. Contarle lo parecido que era Viena a Czernowitz, claro que mucho más grande y esplendoroso. Había pasado por Bucarest también y muchos otros pueblos pequeños. Además, él sentía que estaba contribuyendo mucho a que los judíos tuvieran una mejor vida.

Quería contarle que en Viena había conocido a Benno Straucher, abogado, que recientemente se había mudado a Czernowitz y con quien había logrado establecer una gran amistad y este último le había ofrecido trabajar con él.

Como la mayoría de los judíos con estudios universitarios, Straucher, se definía como un judío liberal, pero con la gran diferencia que no toleraba la oligarquía de los judíos ricos de la comunidad y comenzó una batalla contra ellos. A pesar de no tener una agenda política clara, Straucher luchaba por lo que él llamaba los hombres pequeños, es decir los más pobres. Herschel estaba muy motivado con todo esto. Sabía que ayudando a Straucher a luchar contra los más ricos, a la larga estaba ayudando a sus padres a obtener mejores condiciones de vida. Sabía que esto era recién el comienzo, pero él estaba tan orgulloso de saber que estaba ayudando a los suyos que lo que más quería era contárselo a sus padres.

Cuando llegó a la casa de sus padres, estaba muy nervioso. Tenía tanto que contar, pero no sabía cómo reaccionaría su padre al verlo después de tanto tiempo.

Pero, Herschel estaba emocionado y temblaba de los nervios. Quería poder abrazar a su padre y esperaba con ansias ese abrazo que significaba el perdón por parte de su padre. Tocó la puerta y al cabo de unos segundos abrió su madre. Al verla Herschel se preocupó. Su madre estaba pálida y llorando. Ella al verlo lo abrazó y llorando le dijo que su padre había tenido un infarto hace una hora y que había muerto.

Capítulo 5
Santiago de Chile, marzo 1990

Como de costumbre Carla llevaba más de media hora atrasada. Para Andrea y Marcela, que su hermana menor llegara tarde no era una sorpresa sino más bien algo que aceptaban hasta con comodidad. Habían quedado de juntarse a tomar un café en un típico cafecito de la calle Pedro de Valdivia para conversar lo sucedido el domingo recién pasado. Como todas tenían sus compromisos sólo pudieron ponerse de acuerdo el martes para lograr juntarse el jueves a las 11 de la mañana.

Andrea, la hermana mayor, se dedicaba a la casa y a sus hijos. El principal motivo de esto era que, a pesar de haber estudiado derecho, en donde conoció a su marido, quería estar siempre cerca de ellos para evitar que su suegra, la bruja como la llamaba ella frente a sus hermanas, les metiera demasiadas ideas locas, según su opinión en la cabeza a Paula y Sebastián. Dado todo esto, Andrea terminó siendo la presidenta del centro de padres del colegio, perteneciendo a cuánto club que organizara actividades en el colegio y así poder controlar la educación de sus hijos y estar cerca de ellos. Ahora último, como Paula estaba en cuarto medio y Sebastián en la Universidad, ya estaba más tranquila de que ellos ya sabían tomar sus decisiones y comenzó a pasar más tiempo haciendo gimnasia y pintando, hobby que adquirió desde pequeña pero que recién ahora estaba perfeccionando, tomando clases tres veces por semana. Esto la tenía muy motivada ya que lograba conectarse con una expresión de ella que sentía que tenía muy escondida y que con la pintura lograba expresar de forma maravillosa. A pesar de esto, hoy estaba particularmente molesta, ya que, justo antes de juntarse en el café, pasó casi dos horas frente a una tela en blanco sin poder ordenar su mente y saber qué pintar. Estaba claro que la revelación del domingo por un lado y la terrible reacción de su marido, a quien aún no había podido realmente calmar, la tenían muy desconcentrada y desconcertada.

Por otro lado, Marcela, la hermana del medio, y quien quizás tuvo la peor reacción de las tres el día de la revelación, incluso increpando a su cuñado, estaba más tranquila. Siendo una muy cotizada publicista, llevaba años trabajando en grandes agencias y al mismo tiempo disfrutando de una interesante libertad horaria que ella simplemente amaba. Si bien muchos días trabajaba hasta muy tarde, no tenía ninguna rigidez horaria y eso le permitía juntarse a tomar café con sus hermanas o amigas a la hora que quisiera, así como juntarse a almorzar con Hernán, su marido, al menos dos veces por semana. Estos últimos días se había concentrado en su trabajo y esto le había permitido distraerse y no pensar mucho en lo sucedido el domingo recién pasado. Recién ese día en la mañana, sabiendo que se juntaría con sus hermanas, volvió a pensar con claridad sobre lo sucedido y se sorprendió por lo mal que había reaccionado. Por un lado, atacando a su cuñado, quizás con justa razón pensaba ella, pero peor aún, cuestionando la decisión de sus padres bruscamente enfrente de sus hijos cosa que para ella era un terrible error. Lo que más la atormentaba era esta loca idea de tener que creer en Dios de la noche a la mañana y empezar a sentirse de una forma que no sabía si le sería posible sentir.

Mientras esperaban a Carla, Andrea y Marcela se dedicaron a conversar de la vida sin repasar el tema de la revelación. Ninguna había hablado del tema con su madre y más que nada hablaban de la salud del papá con ella. Las tres hermanas eran bien unidas y se notaba. Si bien eras muy distintas en personalidad, se llevaban muy bien y disfrutaban mucho estar juntas. Quizás, la poca diferencia de edad entre ellas ayudaba, pero más que nada, la importancia que le habían inculcado sus padres sobre la familia era lo que hacía que ellas fueran tan unidas.

Después de un rato, Marcela se disculpó con Andrea por su reacción del domingo y del reto que le había dado a Juan Eduardo. Andrea sin decirlo en forma explícita, le agradeció por haber puesto en su lugar a su marido y le contó que las cosas con él los últimos días habían estado difícil. Lo que más le dolió, fue que Juan Eduardo le dijo en una discusión, que quizás su mamá, la bruja como la llamaba ella, había tenido razón del error que podía ser casarse con una persona que no quisiera hacerlo por la Iglesia. Esto la tenía más que molesta, triste. Dado que era la primera vez que Juan Eduardo ponía a su madre por sobre ella en una pelea.

Estaban en eso cuando llegó Carla corriendo, disculpándose y explicando que justo había llegado una niña con un diente roto y que la había tenido que atender de urgencia. Tenía su propia consulta, bastante cerca de ese lugar y por eso había llegado a pie. Se dedicaba a la odontología infantil y le encantaba. Disfrutaba por sobre todas las cosas poder ver a muchos niños todos los días. Ella siempre quiso tener muchos hijos, pero una complicación en el parto de su hijo Ricardo, ya once años atrás, la dejó sin posibilidades de tener más. Incluso con Ignacio, habían pensado en adoptar, pero como ya tenían a Ricardito, decidieron que les sería muy difícil tratarlos iguales y decidieron quedarse solamente con uno. A pesar de eso, eran muy felices como familia y los tres disfrutaban muchas cosas juntos. Ricardo era un regalón, no solo por ser hijo único sino también por ser el menor de los nietos de Alfredo y Ana, quienes lo consentían en prácticamente todo.

Carla, con lo acelerada que era, comenzó inmediatamente a contarles que había leído un libro increíble llamado "La Historia de los Judíos" de Paul Johnson, en estos días y que le impresionó lo increíblemente potente de su historia. La influencia en el mundo, así como la gran cantidad de persecuciones que habían tenido a lo largo de la historia. Estaba entre impactada y emocionada. Mientras terminaba de contarles, sacó de su cartera unas fotocopias de varias páginas del libro con muchas frases marcadas con destacador amarillo y se les comenzó a leer a sus hermanas sin darles tiempo de que estas dijeran algo o la interrumpieron. Y leyó: " Ciertamente sin los judíos el mundo habría sido un lugar radicalmente distinto.",

"Les debemos la idea de igualdad ante la ley, tanto divina como humana, de la santidad de la vida y la dignidad de las personas; de la conciencia individual......", "es absolutamente impresionante que los Judíos sobreviviesen, cuando todos los restantes pueblos antiguos se han transformado o desaparecido" y por último les dijo, la frase que más me impresionó; "Los Judíos han creído que son el pueblo elegido, un pueblo especial, y lo han creído con tanta unanimidad y tal pasión durante tanto tiempo, que han llegado a serlo". Carla dejo de leer y las miro con cara de admiración, pero quedando a la espera de qué le dirían sus hermanas. Andrea y Marcela la miraron y tuvieron dos reacciones muy distintas. Andrea, inmediatamente se rió. Le preguntó a Carla, qué le había picado, que para qué leía la historia de ese pueblo y la empezó a molestar. Por otro lado, Marcela quedó intrigada y empezó a mirar las hojas sueltas que andaba trayendo Carla y releyendo las citas leídas por su hermana, quedando impactada por lo descrito por tan reconocido autor. Mientras Marcela leía, Andrea dijo en forma clara y contundente: "¿Para que se molestan tanto en leer de los judíos, acaso ahora se sienten judías? ¿Carla, crees tú que a tu edad es hora de estar pensando en este tipo de cosas? Nosotras somos lo que hemos sido hasta ahora y no es hora de cambiar. Yo no quiero pelear más con mi marido ni enredarme más con este tipo de cosas. Nuestros padres, pareciera, que eran judíos cuando vivían en Europa, pero yo en mis cuarenta y tres años de vida nunca los he visto hacer nada como judíos ni, hasta el domingo pasado, escuchar nada de esto, por lo que, por un lado, no me tengo porque sentir judía y, por otro lado, ya estoy grandecita para que me cambien mi forma de pensar".

Carla la miró e inmediatamente le dijo: "mi hijo Ricardo, si no recuerdas, el domingo preguntó qué es judío y la verdad es que yo no supe como contestarle y creo que es mi obligación averiguar y conocer para al menos poder responderle. Además, estuve pensando y estoy convencida de que hay una razón muy fuerte del por qué nos vienen a contar ahora y no antes y es nuestro deber tratar de entender las razones y más aún saber qué hacemos ahora con esta información. Claramente, no te puedo decir que me siento judía después de cuatro días con esta información en mi vida, pero sí te puedo decir que no puedo ser indiferente a esto. ¿Si mi vida va a cambiar?, probablemente no…no sé, pero eso de poco importa si no soy capaz de averiguar qué significa ser judío y lo más importante entender las razones que tuvieron nuestros padres para decirnos esto ahora.", por otro lado, continuó; "Leyendo el libro de Paul Johnson es impresionante lo que ha hecho este pueblo. Es un pueblo increíblemente potente y que ha sido perseguido como ningún otro pueblo en la historia y acá estamos nosotras en el año mil novecientos noventa o cinco mil setecientos algo según el calendario judío discutiendo sobre este pueblo único que ha sobrevivido a todos los otros pueblos por alguna razón especial y al menos me quiero dar el tiempo para averiguarlo. Creo que se lo debo a nuestros padres y a Ricardo. Además, no puedo dejar de preguntarme qué pasó con nuestros padres y sus, nuestras, familias durante la segunda guerra mundial. ¿te lo puedes imaginar?"

Marcela que seguía leyendo fragmentos de las hojas del libro de Paul Johnson, las dejó a un lado y les dijo a sus hermanas. "Creo que al menos deberíamos conversar con nuestra madre y preguntarle todo esto. ¿Qué pasó con nuestras familias durante la guerra? ¿Por qué decidieron no decirnos que eran judíos? ¿Por qué nos cuentan ahora? Teniendo al menos estas respuestas cada una podrá tomar la decisión que crea es la mejor para ella y su familia. ¿Les parece?"

A Carla en ese momento le comenzó a vibrar su Beeper, el cual en la pantalla se podía leer claramente el siguiente mensaje: "Papá en estado crítico. Ven a la clínica". Carla lo leyó en voz alta y las tres hermanas se miraron con lágrimas en los ojos.

Ari Wurmann

Capítulo 6
Czernowitz, abril 1888

Herschel estaba más nervioso que nunca. Se paseaba por todos lados sin poder quedarse tranquilo, mientras que por su cabeza pasaban a gran velocidad muchos recuerdos de su infancia, la pelea con su padre, su muerte, su graduación de la universidad, su matrimonio con Ruth hace más de tres años, su trabajo apoyando a Benno Straucher, sus viajes, todo. Dando vueltas por la habitación pensaba en todo lo que había logrado en su vida, prácticamente sin ayuda de nadie y como hoy su vida cambiaría para siempre.

Exactamente hoy, hace ocho años, su vida había cambiado completamente ese día, catorce de mayo de mil ochocientos ochenta, con la muerte de su padre. La verdad es que para Herschel el impacto de su muerte fue impresionante. Se dedicó a trabajar y por eso, quizás, se casó tarde. Él nunca se perdonó no haber podido hacer las paces con su padre y desde ese día que vive en un conflicto interno contra Dios. Si bien ha seguido realizando algunos ritos, es más bien por un sentido de identidad cultural que por un tema de real creencia religiosa.

En estos últimos ocho años, logró trabajando con Straucher, posicionar en la mente de los judíos el concepto de socialdemocracia y de nacionalidad judía con la idea de mantener a los judíos orgullosos de su identidad y al mismo tiempo luchar contra la oligarquía de los judíos asimilados que controlaban la comunidad judía. Tanto fue lo que lograron que Straucher fue elegido en mil ochocientos ochenta y dos, líder de la Kehila, comunidad judía, rompiendo años de control por parte de oligarcas judíos y principalmente gracias al apoyo de la mayoría ortodoxa proletariada, quienes si bien criticaban que Straucher no fuera religioso veían en él por un lado la posibilidad de surgir económicamente y les agradaba la idea de mantener a los judíos unidos y orgullosos de su identidad.

Sin duda alguna lo más complicado durante esos años, eran las noticias de los *progroms*, actos masivos de violencia contra judíos, en Rusia. Estas contaban de linchamientos públicos masivos de miles de judíos en ciudades tales como Odessa y Kiev, en donde miles de judíos fueron asesinados y otros cientos de miles dejaron sus hogares para viajar tanto a Estados Unidos como a Palestina, la ancestral Israel, en la búsqueda de una mejor calidad de vida. Estas noticias espantaban a los judíos dada la cercanía de estas ciudades con Czernowitz.

En Rusia, los judíos eran culpados por cada cosa que pasaba y eso preocupaba a la comunidad local profundamente. Este tipo de acontecimientos ayudó a formar con más fuerza esta identidad socialista, por un lado, pero muy judía nacionalista que promovía Straucher con la ayuda de Herschel. También la persecución y matanzas durante esos años, fomentaron la creación de movimientos como Jovevei Sion, amantes de Sion, que promovieron la inmigración a la Palestina Otomana y el retorno a la tierra prometida. Su fundador, Leo Pinsker, creía que el problema de los judíos podía ser resuelto con igualdad de derechos, pero los *progroms* de Odesa lo cambiaron radicalmente dejando de creer en el humanismo e iluminismo para derrotar al antisemitismo. En una visita a Europa occidental lo llevó a crear su famoso panfleto Autoemancipación que publicó anónimamente en alemán el 1 de enero de 1882; en el que se alentaba a los judíos a luchar por la independencia y conciencia nacional para recuperar su patria en Eretz Israel, la tierra de Israel. El libro generó mucha polémica y sirvió de inspiración a Theodor Herzl para escribir su libro Der Judenstaat (El Estado Judío) que conformaría la base ideológica del movimiento sionista. Es, gracias a Jovevei Sion, que en mil ochocientos ochenta y uno se realiza la primera Aliá, ascensión en hebreo, a la tierra prometida en donde más de treinta mil judíos llegaron a su ancestral tierra y comenzaron una nueva vida ahí.

Todos estos movimientos nuevos y tendencias dentro del judaísmo, como el iluminismo, el socialismo, los nacionalistas, los ortodoxos, fomentaban constantes discusiones entre los judíos que hacían que la vida en Czernowitz fuera muy atractiva intelectualmente hablando, así como también muy atractiva para aquellos que participaban en la política comunitaria como Herschel y eso a él le fascinaba.

A pesar de las diferencias dentro de la comunidad y de las terribles noticias que llegaban de las ciudades rusas cercanas, la vida en Czernowitz era muy placentera. Las familias se juntaban los Domingos a pasear por el lado Este de Ringplatz, en los que era conocido como las alturas de Pardini, por estar al lado de la tienda de libros de la universidad, perteneciente a un señor llamado Heinrich Pardini. Esos paseos eran inolvidables por la belleza y la tranquilidad del lugar. Cada miércoles por la tarde en el parque de la ciudad, el Volksgarten, la gente se juntaba a escuchar a la banda de los K y K. El parque siempre estaba lleno de gente y costaba conseguir un asiento en una de sus bancas, pero poco importaba eso, ya que la mayoría de los jóvenes se tiraban con mantas en el suelo a disfrutar de la música. Fue así como un miércoles cualquiera, Herschel se sentó junto a Ruth y se pusieron a conversar. Él ya era bastante conocido en la comunidad y para entonces tenía treinta y un años y era bastante cotizado como soltero. Rut, era hija de un comerciante de buena situación de la ciudad y tenía una belleza que pocas jóvenes poseían. Además, era de las pocas mujeres que estudiaba en la universidad. Herschel y Ruth sintieron una atracción casi inmediata el uno por el otro y pasaron apenas seis meses cuando contrajeron matrimonio en una hermosa fiesta celebrada en el otoño de mil ochocientos ochenta y cinco.

Hoy, mientras seguía paseando, recordando todos esos momentos pensaba como le cambiaría la vida. Seguía nervioso cuando salió una señorita de la habitación y le dijo Mazel Tov, textualmente significa buena suerte, pero se utiliza como una expresión para desear felicidades, y le contó que había sido padre de un hermoso varoncito. Su cara se llenó de lágrimas de emoción y entró para ver a

Ruth y a su primogénito. Ruth se encontraba cansada pero bien y el niño lloraba en un rincón. Herschel no daba más en su felicidad y al mismo tiempo trataba de comprender la responsabilidad que tenía ahora al ser padre de una bella criatura.

Ocho días después y como manda la tradición judía, se realizó el *bris,* circuncisión del niño y se le colocó el nombre. Esta ceremonia era una de las pocas sino la única que seguían manteniendo y cumpliendo todos los judíos de la comunidad, sin importar que tan alejados de la religión estuviesen. El nombre judío elegido para el niño fue Yankel ben Herschel, en honor al padre de Herschel. Pero, por primera vez en la familia se decidió que tendría un nombre oficial de origen gentil, por lo que el niño fue inscrito en los registros de la ciudad como Karl Grien y no Yankel.

Ari Wurmann

Capítulo 7

Santiago de Chile, marzo 1990

Luego de pagar la cuenta, las tres hermanas subieron a un taxi para partir rápidamente a la Clínica Alemana. En la radio se escuchaba la noticia que había remecido al país casi veinticuatro horas atrás. El día anterior miembros del Frente Patriótico Manuel Rodríguez entraron a la oficina de corretaje de propiedades del excomandante en jefe de la Fuerza Aérea y ex miembro de la junta de gobierno durante los años mil novecientos setenta y tres y mil novecientos setenta y ocho, General Gustavo Leigh y le dispararon, impactándole cinco balas en el rostro, tórax, y los brazos. Una de estas le atravesó un ojo, perdiéndolo. A pesar de las heridas, sobrevivió al ataque. Era el primer gran atentado del Frente desde el retorno a la democracia y esto ponía en jaque la delgada estabilidad entre el gobierno y los militares. El taxista comentaba la noticia con indignación, criticando a los terroristas, pero las hermanas estaban absortas cada una en sus pensamientos, temiendo seguramente lo peor con respecto al estado de salud del padre. El viaje en taxi de veinte minutos se les hizo una eternidad. El taxista hablaba y hablaba, mientras ellas se aguantaban el llanto sin pronunciar palabra alguna.

Ari Wurmann

Bajaron del taxi y subieron corriendo al tercer piso en donde se encontraba la pieza donde estaba internado su padre. Al llegar a la sala de espera, a lo lejos divisaron a su madre recibiendo un papel de un hombre de contextura delgada, altura media, vestido de negro con un sombrero negro también y una gran barba blanca. Al acercarse escucharon al hombre alejarse diciendo algo en un idioma que no fueron capaces de reconocer, pero que parecía alemán. La madre al verlas las abrazó y les comentó que los doctores le habían dicho que Alfredo había sufrido una descompensación y que era muy probable que no pasará la noche.

Las hermanas abrazaron a su madre y entre las cuatro se dieron ánimo y fuerza. Luego de un largo abrazo y un rato de silencio, se sentaron y Andrea le preguntó a su madre quien era ese hombre de negro y barba larga que estaba conversando con ella cuando ellas llegaron. Ana, le dijo que ese hombre, era un Rabino de Jabad Lubavitch, organización judía cuya finalidad primordial es la de llevar a los judíos a una práctica y estudio activo de su propia fe. Ana, les contó que vio al hombre en la clínica justo después de hablar con los médicos y lo sintió casi como una señal. Se acercó a él y le habló en Idish, idioma que utilizaban los judíos en las comunidades del centro y del este de Europa, preguntándole si era rabino. Este le contestó que sí, que se llamaba Menajem Zalman y le preguntó si podía ayudarla en algo, muy gentilmente.

Ana le contó que su marido estaba muy grave y muy brevemente le contó su historia, de cómo ellos habían ocultado su judaísmo por los últimos cuarenta y tantos años y le pidió si podía rezar por él. El Rabino Zalman, le preguntó por el nombre de su marido, ya que para rezar por un enfermo en el judaísmo se utiliza su nombre y el nombre de su madre. Ana, le contestó que se llamaba Alfredo y Rab Zalman, le preguntó su nombre en hebreo. Ana sin dudar ni un segundo, le dijo que él se llamaba Abraham ben Sarah y que le agradecería mucho hacer *refua shlema*, nombre del rezo por los enfermos, por él. Rab Zalman le dijo que no lo olvidaría y le anotó en un papel su teléfono por si necesitaba cualquier cosa.

Carla que a esta altura veía todo con otros ojos, encontró fantástico que un rabino haya estado justo en la clínica cuando su madre recibió las terribles noticias del inminente fallecimiento de su padre. Además, vio en este encuentro una oportunidad para más adelante, ella poder acercarse a este rabino y hacerle preguntas. Nunca había visto a un rabino y éste más encima lucía justo como el típico rabino de las películas, así que le, cayó bien.

Por otro lado, Andrea, no entendía nada de lo que estaba pasando. Su madre ahora hablaba con rabinos, en un idioma que ella no había escuchado nunca, al menos eso creía ella, hablaba de rezos, cosa que nunca le había oído decir y que su papá se llamaba Abraham y algo de una Sarah. Para ella su papá se llama Alfredo y su abuela, a quien no conoció, se llamaba Sonia. Simplemente no entendía qué estaba pasando y cómo todo podía cambiar tanto en tan pocos días. Si no hubiese sido por la pena que sentía y que claramente no era el momento adecuado, hubiera hecho un escándalo ahí mismo exigiendo respuestas a esta locura. Prefirió quedarse callada y sentarse a tratar de ordenar sus ideas.

Marcela, fue más práctica. Le pregunto a mamá que más le habían dicho los médicos y si ya había llamado al Parque del Recuerdo para organizar todo lo de la sepultura. Le ofreció encargarse ella de los detalles a lo que su madre le dijo que esperaran sin adelantarse a los acontecimientos.

Mientras las horas pasaban, los maridos comenzaron a llegar a la clínica con sus respectivos hijos, todos esperando a que pasara lo que a esas horas parecía inevitable. Eran como las diez de la noche, cuando ya sólo quedaban las tres hermanas con su madre, ya que los maridos se habían llevado a los niños a comer a las casas, cuando apareció el Rabino Zalman en la sala de espera. Saludó cordialmente a Ana en Idish y en un castellano con mucho acento, a las tres hermanas. Todas se sorprendieron de verlo y él les explicó que quería saber cómo seguía su padre. Que había estado pensando en él y que había rezado por su salud. Rab Zalman les comentó sobre lo potente del nombre de su padre, quien se llamaba como el patriarca del pueblo judío, Abraham y que su madre, justamente se llamaba como la esposa del patriarca, Sarah, matriarca del pueblo judío. Les comentó que seguramente su padre era de alguna forma un patriarca también y que por la historia que le contó brevemente su madre, su padre era un gran sobreviviente y que justamente ahora estaba luchando por seguir viviendo.

Las tres hermanas miraban asombradas a este personaje que les hablaba con acento, de una historia que ellas desconocían y vestía de negro con sombrero, pero al mismo tiempo impactadas de verlo ahí con ellas, ofreciéndoles palabras de consuelo en un momento tan duro para ellas. Se quedaron conversando un poco de todo y sin darse cuenta las horas pasaban sin que el rabino se moviera de ahí. Él estaba feliz de poder acompañarlas y la verdad es que ellas, incluida Andrea, estaban felices escuchando y conversando con el rabino. Alrededor de las dos y media de la mañana, apareció el doctor de turno y les comunicó que su padre había fallecido. Alfredo Green de poco más de 73 años había fallecido luego de meses internado en la clínica. Las tres hermanas abrazaron a su madre, mientras todas lloraban. En ese momento, Rab Zalman se levantó dijo algunas palabras en idish que las hermanas no entendieron y a las que su madre, aparentemente, contestó que sí y desapareció.

El doctor le dijo a Ana si querían entrar a la pieza para verlo, despedirse o lo que ellas quisieran, a lo cual ella movió la cabeza asintiendo. Camino a la pieza, Ana les dijo a sus hijas que quería entrar ella primero sola y luego les avisaría para entrar. Mientras caminaban, Marcela dijo que mientras su madre estaría adentro ellas irían a llamar a sus casas y comunicar a sus maridos del fallecimiento de su padre y le pediría al suyo que comience con los trámites con el cementerio a lo que su madre le pidió que esperara y entró a la pieza.

Pasaron como 20 minutos cuando Ana les dijo a sus hijas que entraran a la pieza si querían, a lo cual las tres hermanas accedieron de forma inmediata. Una vez que entraron a la pieza, vieron a Rab Zalman, lo que les llamó profundamente la atención. Rab Zalman estaba leyendo algún tipo de libro de rezos y había cubierto el cuerpo con una sábana y no dejaba que nadie tocara el cuerpo de Alfredo. Andrea, le preguntó a su madre, que es lo que estaba pasando de forma incluso un poco agresiva. Ana, muy tranquila, le explicó que Rab Zalman se encargaría de todo para el entierro y que este sería según el ritual judío. Les explicó que este era un tema acordado entre ellos y que siempre habían establecido, incluso en sus testamentos, la instrucción de ser enterrados en un cementerio judío y según las costumbres judías. Les dijo que, si bien fue una casualidad encontrarse con Rab Zalman ese dia en la clínica, ella ya se había contactado con el Cementerio Israelita para ver el tema del entierro. Les explicó que cuando ya sintió que era hora de organizar todo, había decidido que Alfredo fuera enterrado por un rabino *Jasídico*, al igual que sus abuelos y que el haberse encontrado con Rab Zalman no era más que una señal divina. Si bien sus padres y los padres de Alfredo ya no eran religiosos, siempre se consideraron descendientes de Jasídicos y seguían esa línea en lo poco que cumplían.

Marcela, nuevamente siendo la más práctica, le preguntó a su madre, que significaba que el entierro seria en un cementerio judío, donde quedaba y que se hacía. Ana, les dijo que no se preocuparan, que el cementerio estaba en Recoleta y que Rab Zalman las acompañaría en todo el proceso explicándoles todo para que entendieran el significado de lo que harían.

A eso de las cuatro y media de la mañana aparecieron tres hombres más, vestidos de negro con sombrero al estilo de Rab Zalman y este les explicó la importancia de que el cuerpo nunca estuviera sólo y que siempre tenía que haber alguien rezando por el alma del difunto. Les dijo que el funeral sería al mediodía, pero que el cuerpo lo llevarían como a las diez de la mañana para allá para proceder a realizar un baño ritual muy importante y obligatorio antes de proceder a enterrarlo. Él les recomendó que fueran a sus casas, trataran de dormir un rato, se bañaran y que se juntaran tipo diez en el cementerio y que él se encargaría de todo. Luego de conversar un rato, las tres hermanas se llevaron a su madre y aceptaron lo que el Rab les aconsejó.

A las diez en punto, todos llegaron al cementerio ubicado en Recoleta y Rab Zalman ya se encontraba ahí esperándolos. Llegaron Ana, las tres hermanas, sus maridos y sus hijos. El resto de la gente llegaría al mediodía. Rab Zalman los invitó a sentarse y les comenzó a explicar cómo sería el proceso. Les comento que al cuerpo del fallecido se le hace un lavado en señal de purificación, llamado *Tahara*. Que en este caso como el fallecido es hombre, el baño sería ejecutado sólo por hombres. Luego del baño se procederá a vestir el cuerpo con una túnica tradicional de lino color blanco llamada *Takhrikhin*. Luego que el cuerpo está listo, se lo pondrá adentro de un cajón o ataúd de madera muy simple llamado *Aron*. Les explicó que, por tradición judía, el cuerpo debe ser enterrado lo antes posible, preferentemente antes de las veinticuatro horas y que por eso habían corrido para hacer el entierro ese mismo dia. Que no se entierra el cuerpo con joyas o ningún otro objeto, ya que el fallecido será juzgado por sus acciones y méritos y no por su riqueza material. Por último, les dijo, el cuerpo nunca debe ser mostrado durante el sepelio por considerarse una falta de respeto.

Mientras Rab Zalman les explicaba eso, cinco hombres entraron a la sala y le dijeron al rabino que estaban listos para comenzar a lo que Rab Zalman les dio el visto bueno. El Rabino les explico que esos hombres, todos respetuosos de las costumbres judías, serían los encargados de realizar el lavado. Luego les comenzó a explicar cómo sería el funeral y como eran las costumbres. Les comentó que, en los funerales judíos, por lo general, no se usan flores por considerarse un adorno frívolo e innecesario, pero que no estaba prohibido, pero que él recomendaba no usar, lo que llamó la atención a Juan Eduardo, quien claramente estaba en estado de shock con lo que estaba viviendo. Les dijo que cuando un pariente cercano ya sea padre, hijo, esposo o hermano recibe la noticia del fallecimiento es tradición judía el arrancarse parte de la vestimenta sobre la zona del corazón. Este ritual es conocido como *K'riah* y que él mismo les ayudaría a realizarlo durante el funeral. Les dijo que la ropa desgarrada deberían usarla por al menos siete días, pero como en este caso el fallecido es el padre, lo ideal es que lo usen por treinta días.

Andrea no daba más con tanta información, y más aún con esto de realizar costumbres completamente ajenas para ella, pero no realizó ningún acto de molestia por respeto a su madre. Rab Zalman continuó explicando otras cosas y principalmente les dijo que el funeral duraba poco más de veinte minutos pero que estaba abierto a que quien quisiera dijera algunas palabras a lo que Ana dijo que ella hablaría, cosa que sorprendió a sus hijas profundamente. Rab Zalman les dijo que el resto lo irían conversando con cada paso, pero que lo más importante era que todos se preocuparan de tratar de respetar el deseo de su padre y preocuparse de su madre, para quien esto era muy importante.

Cuando comenzó el funeral, trajeron en un carro el ataúd de madera cubierto con una tela de terciopelo con una estrella de David bordada en dorado. Había mucha gente en el cementerio a pesar de lo pronto que había sido. Además, de la familia, amigos, empleados de Alfredo, había al menos diez hombres judíos ortodoxos, tal cual lo había explicado Rab Zalman, por la necesidad de tener *minyan,* quórum mínimo para realizar una ceremonia religiosa en el judaísmo. Al comenzar el rabino, realizó algunos rezos en hebreo y realizó el rito del corte de la vestimenta. Luego invitó a Ana a decir unas palabras.

Ana, si bien se le veía cansada estaba muy tranquila. Le dio un beso a cada hija y se acercó a donde estaba Rab Zalman. Primero agradeció a todos los presentes por acompañarlos en estos difíciles y momentos y luego dijo: *"Alfredo y yo, nacimos en Czernowitz, hoy Ucrania, justo cuando terminaba la época dorada para los judíos de la ciudad. La Primera Guerra Mundial había cambiado el mapa de Europa y ahora la ciudad pertenecía a Rumania en vez del Imperio Austrohúngaro. Los dos venimos de familias judías emancipadas, es decir de familias judías que de alguna forma u otra habían ido dejando sus costumbres y "mezclándose" con la población local de la ciudad. Alfredo pertenecía a una familia más observante que la mía, e incluso su bisabuelo era un importante rabino de la ciudad, por lo que igual mantenían muchas costumbres en la casa. En la mía también, pero menos. Cuando nos casamos, si bien no éramos religiosos, lo normal en la ciudad era mantener la casa Kosher, celebrar Shabat, aunque no lo respetábamos totalmente, las fiestas y asistir a la sinagoga. En general, para nosotros teníamos una vida bastante judía sin ser religiosos.*

Alfredo fue dirigente juvenil de un movimiento judío llamado Hashomer Hatzair, cuyo objetivo era educar a los jóvenes judíos hacia un profundo sentimiento de identidad con su pueblo sin perder el sentido típico de un movimiento scout. Es decir, siempre muy unido a sus sentimientos como judío. Luego, la cosa se puso más compleja. Durante los años treinta, los judíos fuimos perdiendo libertades bajo el gobierno rumano y el antisemitismo cada vez se hizo más fuerte. Aun así, la vida era mucho mejor que en otras partes de Europa del Este. La ciudad perteneció a Rumania hasta mil novecientos cuarenta cuando fue invadida por las tropas soviéticas durante la segunda guerra mundial.

Para los judíos, la ocupación de Cernauti, nombre de la ciudad en rumano, por la Armada Soviética significó pasar de la persecución antisemita a la terrible experiencia del terror estalinista. La élite de la comunidad, compuesta por unas tres mil personas fue deportada a Siberia. Mantuvieron la ciudad por cerca de un año antes de que el ejército rumano la reconquistara, pero este tiempo fue lo suficientemente largo para cerrar cada iglesia y sinagoga de la ciudad. Nuestra vida cambió radicalmente. Ya no nos sentíamos libres, pero aún podíamos tener una vida relativamente normal. Nos casamos el primero de Julio de mil novecientos cuarenta y uno, justo cuatro días antes de que las tropas rumanas y alemanas, recuperan la ciudad. Ahí comenzó nuestra pesadilla. El gobierno de Antonescu ordenó castigar a los judíos por su supuesta adhesión a la Unión Soviética. Comenzaron los asesinatos masivos, incendiaron la sinagoga y se instituyeron una serie de medidas represivas, privando a los judíos de derechos civiles y económicos. Poco después fuimos enviados a un Gueto en la ciudad, en donde apenas podíamos vivir. La verdad es que nunca he contado lo vivido durante la Segunda Guerra Mundial y no pienso entrar en detalles, pero sí les puedo decir, que lo que vivimos es lo peor que un ser humano se puede imaginar y no se lo deseo a nadie. Pero, nosotros tuvimos algo de suerte, y logramos sobrevivir.".

Todos los presentes escuchaban perplejos la historia y las tres hijas no paraban de llorar mientras escuchaban las palabras de su madre.

Ella continuó diciendo: *"Con mucha suerte, luego de la guerra logramos escapar y por esas cosas del destino, llegamos a Chile en mil novecientos cuarenta y seis y por miedo decidimos ocultar que éramos judíos. Si bien lo vivido, a mi Alfredo lo alejó de Dios en muchas cosas, nunca dejó de sentirse profundamente judío e incluso de mantener alguna costumbre. Nosotros, a pesar de mantener en secreto nuestra religión, no ha existido un solo día en estos cuarenta años no nos hayamos sentido judíos. Nacimos judíos y moriremos siendo judíos.*

Claramente no somos practicantes y sí muy cobardes al haber ocultado este precioso legado a nuestras hijas, quienes recién se enteraron de esto hace cinco días. Pero hoy es tiempo de comenzar a reparar ese error. Mi Alfredo siempre quiso contarles y explicarles un montón de cosas, pero por miedo a su reacción, decía, mientras miraba a sus hijas, nunca nos atrevimos. Él era un hombre práctico, pero con un profundo orgullo por su judaísmo. Celebramos la independencia de Israel llorando los dos. Además, Alfredo era un gran filántropo. Siempre ayudaba a las comunidades, lo que pasa es que lo hacía en secreto. Siempre ayudó al colegio hebreo e incluso hizo una gran donación que ayudó a construir la nueva sede ubicada en Las Condes. Nada de esto lo saben mis hijas, dijo. En nuestra casa, nunca se comió cerdo, ya que para nosotros siempre estuvo prohibido, y no por la supuesta enfermedad que Alfredo había tenido cuando joven, según contamos en centenares de ocasiones a nuestras hijas.

Como estos hay muchos ejemplos. Uno que recuerdo hoy es lo que pasó en septiembre del año pasado. Nuestro querido nieto Ricardo le pidió a su abuelo que lo llevara a la inauguración del estadio Monumental de Colo-Colo, como lo llevaba habitualmente a ver al equipo de sus amores a lo que Alfredo se negó. Le explicó que no podía y finalmente no fueron. Lo que no le dijo fue, que ese día era Rosh Hashana, el año nuevo judío, y para Alfredo sin ser religioso era incompatible con ir a un partido de fútbol por lo que prefería quedarse tranquilo en la casa y organizar una cena con la familia, que fue lo que hicimos. Para nosotros esa cena fue nuestra cena de Rosh Hashana, pero para nuestra familia fue una cena más y Ricardo nunca entendió el por qué no habían ido al Estadio ese día. Hay tantas cosas más que contarles a mis hijas y que espero tener el tiempo de hacerlo, pero hoy más que nada me atrevo a pedirles primero que nada perdón por no haberles dicho la verdad y segundo que me den la oportunidad de explicarles todo y de tratar de entender por qué hicimos lo que hicimos."

Cuando terminó, tanto Ana como las tres hijas lloraban casi desconsoladamente.

Ari Wurmann

70

Capítulo 8
Basilea Suiza, agosto 1897

Los últimos años había sido una locura. Yankele (Karl) ya tenía nueve años y Herschel trataba de pasar con él lo más posible, a pesar de su intensa agenda de trabajo. Como viajaba mucho y por largos periodos de tiempo, Herschel cuando estaba en la ciudad, aprovechaba a pasear con su familia. A fines de mil ochocientos noventa y uno, cuando Yankele tenía tres años, nació Miriam, la hija regalona de Herschel.

Herschel disfrutaba mucho de su trabajo, además que tanto su posición económica como social habían mejorado muchísimo, hasta el punto de ser considerado una persona de clase alta y más aún de mucha influencia tanto dentro de la comunidad como del imperio. Su trabajo como brazo derecho del Dr. Straucher lo había llevado a lugares que nunca pensó en ir. Además, como el antisemitismo en los últimos años había crecido mucho, había tenido que participar en muchas reuniones con distintas comunidades de Europa para discutir cómo enfrentar este tema. Su vida era un torbellino de emociones.

Cuando estaba en la ciudad por un lado trabajaba como un loco, pero al mismo tiempo disfrutaba a su familia. Cuando viajaba aprovechaba a conocer lugares impresionantes como París, Basilea, Viena, Berlín y muchos otros y a conocer grandes personajes con los que le tocaba compartir y reunirse.

Ahora, sentado en la estación de trenes de Basilea, mientras espera el tren de las 16:30, con destino a Czernowitz, luego de pasar cuatro días en esa ciudad, trataba de hacer un recuento de lo vivido en los últimos años y en especial lo que podría venir para adelante. Estaba seguro de que ese día treinta y uno de agosto de mil ochocientos noventa y siete podía cambiar la historia de los judíos de Europa para siempre. Pero antes de poder entender exactamente lo vivido en Basilea, tenía que hacer un breve repaso de cómo había llegado hasta ahí.

Al subir al tren, agarró su libreta y empezó a repasar notas y subrayar lo que encontraba importante. Empezó recordando cómo habían perdido la campaña de mil ochocientos noventa y uno cuando Benno Straucher se presentó como candidato a las elecciones legislativas de ese año contra el reelecto Heinrich Wagner. Llegó a sonreír al recordar lo pobre de su campaña y lo poco que entendían de cómo navegar en las aguas de la política seis años atrás. Inmediatamente recordó y se llegó a emocionar como, luego de mucho trabajo, en mayo recién pasado, finalmente habían logrado ganar las elecciones contra Anton Kochanowski, alcalde de Czernowitz, logrando ser representante de Bucovina en el *Abgeordnetenhaus*, la Cámara Baja del Consejo Imperial. Con ese triunfo su posición política había cambiado completamente. Ahora, con Benno Straucher como parlamentario, Herschel tenía un gran nivel de responsabilidad, pero también tenía abiertas todas las puertas que él quisiera golpear. Ahora era un hombre importante. Ellos entendían que todas las minorías merecían tener representación en el parlamento y pretendían que los judíos tuviesen el derecho de elegir a sus representantes. Incluso, ahora con el paso del tiempo, la decisión que tomaron a mediados de los noventa, de terminar con toda cooperación entre los judíos y los alemanoparlantes de la ciudad, explicaba gran parte de su éxito electoral. En ese momento fue una decisión polémica e incluso un poco peligrosa, pero hoy a poco más de tres años de ese momento, Herschel sonreía al ver los intrépidos y audaces que habían sido en tomar esa decisión.

Mientras leía estas notas, tomaba apuntes y destacaba lo importante que era para ellos, la libertad en la toma de decisiones de los judíos y como querían lograr que los judíos siguieran permaneciendo unidos. No era un tema de religión, era un tema de identidad. Él se sentía profundamente judío y quería seguir contribuyendo desde esa identidad al desarrollo de su comunidad y de su querida ciudad.

Otra cosa que leyó con toda detención y que quizás lo marcó más profundamente fue su viaje a París en Julio de mil ochocientos ochenta y cinco. Herschel viajó a París mandado por Straucher para tratar de entender de cerca el proceso contra el capitán judío del ejército francés, Alfred Dreyfus, acusado de espionaje y entender el crecimiento del antisemitismo en Francia. Herschel viajó a París a principios de Julio para reunirse con un joven abogado húngaro, dedicado al periodismo llamado Theodor Herzl, quien, en su calidad de corresponsal en París del periódico liberal de Viena, *Neue Freie Presse,* fue uno de los pocos periodistas a los que se les permitió asistir a la ceremonia de degradación de Dreyfus, así como dos semanas antes de eso, asistir a la sala del tribunal en donde el capitán fue declarado culpable. Mientras el capitán Dreyfus cruzaba el patio, clamando inocencia, la muchedumbre gritaba consignas antisemitas pidiendo muerte a los judíos. Todo esto había marcado mucho a Herzl y en junio de ese año había escrito en su diario: *"En París, como ya he dicho, he adquirido una actitud más libre hacia el antisemitismo ... Por encima de todo, reconozco el vacío y la inutilidad de tratar de 'combatir' el antisemitismo.".* Esto llamó mucho la atención de Straucher, por lo que decidió mandar a Herschel a entrevistarse con Herzl para lograr entender todo lo que estaba sucediendo en Francia y qué significaba concretamente.

Herschel recordó que cuando se juntó por primera vez con Theodor Herzl en el Café de la Paix, ubicado en la intersección de Boulevard des Capucines con de Place de l'Opéra y lo vio sentado con un caballero en una mesa conversando pensó lo apasionado que se veía al discutir y al conversar y sintió que este hombre era mucho más que un simple abogado trabajando como periodista. Al entrar y acercarse a saludarlo, Hertzl lo presentó inmediatamente a Émile Zola, cliente frecuente del Café y escritor francés considerado por muchos como el padre y el mayor representante del naturalismo, estilo literario basado en reproducir la realidad con una objetividad documental en todos sus aspectos, tanto en los más sublimes como los más vulgares. Herschel reconoció que por el simple hecho de haber conocido al escritor Émile

Zola ya había valido la pena el viaje. Conversaron un rato, los tres sobre el viaje de Herschel, y sobre todo sobre el caso Dreyfus, sobre el cual Zola mostró un conocimiento sumamente acabado y al mismo tiempo un gran interés que sorprendió a Herschel. Luego de un rato el escritor se disculpó y se despidió.

Herschel y Theodor conversaron un largo rato sobre el caso y sus posibles implicancias, pero sobre todo sobre su preocupación con respecto al crecimiento del antisemitismo en Francia y en Europa en general. Herzl le contó que todo lo vivido en el último tiempo en París y en especial en el caso Dreyfus, había cambiado mucho su forma de pensar. Le confesó haber defendido siempre los ideales de emancipación judía y de la asimilación como solución a las persecuciones y al antisemitismo, pero que ahora estaba convencido que esa no era la solución, lo que dejó muy contento a Herschel, fiel creyente del nacionalismo judío o mejor dicho de la identidad judía. Lo que sorprendió más a Herschel fue cuando Herzl le confesó que estaba escribiendo un libro y que en este presentaría sus nuevas ideas de cómo resolver el "problema judío", como lo llamaba él al antisemitismo. Herzl le contó que en este libro argumentaría, principalmente, las razones del por qué la única solución para el antisemitismo era que los judíos se retiraran de Europa y crearan su propio Estado. Herzl le dijo con mucha convicción, que la creación de un Estado judío independiente y soberano para todos los judíos del mundo, debía ser un asunto de política internacional. Además, le dijo que estaba trabajando en un plan para lograr llevar a cabo este objetivo y no simplemente quedarse en las palabras. Que este Estado debía ser moderno y atraer a todos los judíos del mundo sin importar si eran o no religiosos.

Herschel recordaba lo inspirador que resultaba el discurso de Herzl, pero no estaba muy convencido de que esa fuera la real solución. Él creía más en reforzar la identidad, pero al mismo tiempo seguir siendo parte de cada uno de los países de Europa en donde los judíos vivían, pero no descartaba que lo que pretendía Herzl era por decirlo al menos, ambicioso e interesante.

Ese viaje fue fantástico y al mismo tiempo le permitió ser invitado al primer Congreso Sionista organizado por el mismo Herzl en Basilea, del cual había aprovechado cada instancia y que ahora, apenas unas horas después, pretendía hacer un resumen aprovechando las horas que pasaría en el tren de vuelta a Czernowitz.

Herschel tomó nota en su libreta, anotando y destacando la fecha del evento y tratando de ser bien detallista en su relato para poder entregar el informe al Dr. Straucher. El primer día del evento fue el domingo 29 de agosto de 1897 en el Casino Municipal de Basilea. Herzl actuó como anfitrión y asistieron unas doscientas participantes de diecisiete países, de los cuales sesenta y nueve eran delegados de distintas comunidades y el resto invitados como él. Luego de una fiesta de apertura en la que todos vistieron de etiqueta, frac y corbata blanca, el congreso comenzó con la presentación de los planes de Herzl, el establecimiento formal de la Organización Sionista y la declaración de los objetivos del sionismo. Las discusiones hasta ahí eran más bien tranquilas y con muchos aplausos después de cada intervención. Sin duda alguna lo más relevante del día fue una de las frases del discurso de apertura de Herzl en la cual dijo: "...estamos hoy acá reunidos para establecer las bases que servirán para construir el hogar de la nación judía.". Incluso, ahora, mientras las escribía en su diario, Herschel se volvía a emocionar con esas palabras. Nación judía, qué potente expresión, pensó y sonrió. Luego volvió a leer otras notas del discurso de Herzl que había anotado un par de días atrás. leyó: "...el antisemitismo nos ha devuelto la fuerza. Debemos retornar a nuestra casa. El Sionismo es el retorno de los judíos al judaísmo incluso antes de volver a nuestra patria. debemos regresar a ser judíos...". Esa frase lo descolocó mucho a Herschel, ya que sonaba más a discurso de los ortodoxos que de un abogado absolutamente asimilado, pero también entendía que parte de los objetivos del discurso era dejar contentos a todos y pensó que a la larga ese era el objetivo real de esa frase. Otra frase que destacó en su diario era: "...el sionismo no tiene nada que ver con una conspiración o una intervención secreta. Nosotros buscamos colocar en la discusión internacional el tema del problema judío. Queremos una solución y para eso estamos acá". Grandes y elocuentes palabras, pensó Herschel.

Durante el segundo día, la discusión se centró en el contenido de los objetivos de la organización, más conocidos como el programa de Basilea y se acordaron varios puntos fundamentales. Quizás, una de las más importantes fue la aclaración del objetivo central del Sionismo, moción que fue presentada por un comité, presidido por Max Nordau, la cual definió que el principal objetivo del Sionismo es establecer un hogar para el pueblo judío en lo que hoy es conocido como Palestina garantizado en virtud del derecho público. Esto, anotó Herschel, le dio un fuerte argumento político al movimiento presidido por Herzl. Además, el congreso definió que para lograr este objetivo se debía promover los asentamientos judíos de agricultores, artesanos y comerciantes en Palestina, así como fortalecer el sentimiento y la conciencia judía en los diferentes países y trabajar potentemente el tema medios, para lograr colocarlo este tema en la agenda mundial. Por último, se eligió el Hatikva como himno para la organización y para el futuro hogar nacional del pueblo judío, lo que emocionó mucho a Herschel, por su fuerte declaración de esperanza de poder lograr un hogar judío luego de casi dos mil años de espera.

Herschel, recordó la última conversación que sostuvo con Herzl antes de despedirse. Herzl estaba emocionado por lo logrado y ya se notaba como una persona distinta. Ya no vivía soñando, sino que sentía realmente que ese sueño se estaba haciendo realidad. El pueblo judío conseguiría luego su soñado retorno a casa y eso Herzl lo podía sentir. Ya nada malo le podría pasar a su pueblo y eso hacía muy feliz a Herzl. Herschel tenía ganas de sentirse tan entusiasmado como su amigo, pero algo en su interior le decía todo esto no sería tan fácil como Herzl esperaba.

Después de escribir todo esto, Herschel cerró su libreta de notas y cerró los ojos pensando en sus hijos y señora para luego quedarse profundamente dormido.

Capítulo 9
Santiago de Chile, julio 1990

No es normal ver nevar de esta forma en Santiago, pensó Ana, sentada frente a la chimenea en su casa leyendo un libro que le había regalado Rab Zalman esa heladísima tarde del dieciséis de julio de mil novecientos noventa. Ya habían pasado casi cuatro meses desde el fallecimiento de Alfredo y Ana estaba mucho más tranquila y había empezado a tener vida social y dejar el encierro que mantuvo los primeros dos meses después del funeral.

Sin duda alguna habían sido meses duros para ella, pero al mismo tiempo había aprovechado a pensar en los maravillosos años que habían pasado juntos, así como repasar esos momentos duros que vivieron y los errores que cometieron.

Había utilizado este tiempo para reflexionar y conversar mucho con cada una de sus hijas, tanto en privado como con las tres juntas. Incluso pasando tardes enteras repasando la historia, el cómo llegaron a Chile, algunas razones del por qué ocultaron su judaísmo y muchas otras cosas, pero aún no habían logrado que ella se abriera con respecto a lo que pasó durante la segunda guerra mundial.

Ana, simplemente les contaba que fue durísimo y que aún no estaba preparada para hablar.

Ana también se había acercado mucho a Rab Zalman y había aprovechado esas largas conversaciones con el rabino para tratar de entender la historia del pueblo judío y en especial su propia historia.

Ana, dejó el libro y prendió la radio, ya que a esa hora le gustaba escuchar las noticias y saber qué había pasado en el mundo. Mientras escuchaba las noticias sin poner realmente mucha atención, escuchó un titular que la despertó un poco de ese letargo típico de un día frío. En la radio escuchó como el nuevo parlamento ucraniano, había firmado ese día, la Declaración de soberanía estatal de Ucrania. Esta establecía los principios de la libre determinación de la nación ucraniana, su democracia, la independencia política y económica y la soberanía de la ley ucraniana por sobre la ley soviética en todo el territorio ucraniano. En la radio explicaban que la nueva nación sería establecida en el menor plazo posible y que el territorio estaría compuesto por veinticuatro provincias entre las cuales destacaban Kiev, Odessa, Donetsk, y Chernivtsi.

Al escuchar estas palabras Ana, casi saltó de su mecedora, pensando en su ciudad natal y como ahora era parte del futuro país independiente llamado Ucrania. Mirando para afuera, no pudo dejar de pensar en la coincidencia de que estuviera nevando en Santiago, algo no muy usual, mientras ella escuchaba que su Czernowitz sería parte de esta nueva nación.

Recordó el frío que hacía en invierno y como durante la segunda guerra mundial habían tenido que caminar cientos de kilómetros en la nieve, muertos de frío, mientras sus pies se congelaban.

Le fue imposible contener las lágrimas que empezaban a caer por sus mejillas. Tantas historias tristes se le vinieron a la cabeza en tan solo algunos segundos. Muchas de esas quizás bloqueadas por los años y por el silencio en que las había guardado por tantos años. Lo vivido en esos años era imposible de verbalizar, pero más aún imposible de olvidar. Trató de cambiar sus pensamientos y al mirar nuevamente para afuera, pensó en su Alfredo. Recordó como solían salir al parque, al Volksgarten, mientras nevaba, a pesar del frío. Cómo les gustaba caminar solos en ese lugar y poder conversar mientras la mayoría de la gente se refugiaba al interior de sus hogares. A ellos les gustaba esa tranquilidad y les gustaba la nieve. Ahora a ella le recordaba la guerra y el frío que había vivido en esos horribles años.

Ana se quedó mirando un buen rato al vacío, con la mirada como perdida sin poder dejar de pensar en tantos recuerdos terriblemente duros y que muchas veces pensaba que sería capaz de olvidar, pero la verdad es que simplemente había aprendido a vivir con ellos semi escondidos en algún lugar de su subconsciente, pero que a la larga volvían cada cierto tiempo. Eran parte de su vida y parte de su historia con Alfredo, pero más aún parte de la historia de su pueblo, al cual le había dado la espalda por tantos años, escondiendo su identidad y que ahora, que había decidido recuperar el tiempo perdido, contando la verdad, y por sobre todo tratando de transmitirles a sus nietos, principalmente, un legado que ella sentía era su responsabilidad y obligación de dejarles.

Cada vez que Ana pensaba en la guerra y sobre todo desde la muerte de Alfredo, inevitablemente terminaba preguntándose la razón del por qué ellos sobrevivieron y tantos otros no. Cuál sería el motivo que tendría Dios, de existir, pensaba ella, de matar a tanta gente, pero no a ellos. Debería tener un propósito y ahora último conversando más con Rab Zalman, estando más cerca de la religión y más convencida de la existencia de Dios y entendiendo a pesar de una gran resistencia propia por lo sufrido, de que todo tiene un propósito, aunque no lo entendamos, más se ha realizado esta pregunta. ¿Por qué sobrevivimos nosotros? ¿para qué sobrevivimos? ¿Por qué…? y continuó mirando la ventana por un buen rato.

Casi de sobresalto, se dio cuenta de que su nieta Sofía, la hija mayor de Marcela, quien de cierta forma era su nieta más cercana, estaba parada a su lado saludándola, casi como despertándola de una hipnosis. Ana se levantó y la abrazó, sin darse cuenta de que aun lloraba. Sofía le dio un gran beso a su abuela y le dijo que ella también extrañaba a su abuelo y que sobre todo en estos días tan feos y melancólicos.

Sofía era una joven atractiva. Se parecía mucho a su abuela y a sus diez y ocho años se veían como una joven moderna, pero con un gran toque de distinción. Era sin duda una mujer linda. Sofia estudiaba medicina en la Pontificia Universidad Católica de Chile y estaba feliz. Si bien llevaba poco más de cuatro meses, ella sentía que su carrera era impresionante y disfrutaba de cada cosa que aprendía. Claro que era un carrera demandante y difícil, pero Sofía era una muy buena estudiante y aun así tenía tiempo para hacer otras cosas. No tenía pareja, pero si salía muchos con sus amigos. La verdad es que era parte de un grupo muy sano y Sofía era una joven feliz. Si bien los últimos meses habían sido duros por la muerte de su abuelo y el revuelo que significó en la familia el notición de enterarse de la noche a la mañana de que eran judíos, ella se consideraba feliz.

Como ella era buena estudiante se había preocupado, al igual que su madre, de tratar de entender qué era eso de ser judío y era una de las razones por las que quería conversar con su abuela. Sofia había leído ya varios libros que había encontrado en la biblioteca de la universidad, pero para ella no era suficiente. Pasaba siempre al menos dos tardes con su abuela a la semana. Eran muy unidas y para Sofía su abuela era prácticamente su mejor amiga, pero hoy quería conversar de judaísmo y ese era su principal objetivo.

Se sentaron en la sala y Ana le explicó que si bien era obvio que extrañaba a Alfredo no estaba llorando por eso. Le contó que estaba llorando por la nieve y los dolorosos recuerdos que se le habían venido a la memoria al ver nevar. Por primera vez en su vida, Sofía escuchaba de la boca de su abuela hablar del holocausto y de lo doloroso que fue. Ana, le contó, casi sin darse cuenta de que cuando entraron los nazis a Czernowitz y poco después fueron enviados al Gueto de la ciudad, ellos llevaban poco tiempo de casados y que fue muy complicado y duro. Ana le dijo que cuando llegaron al Gueto, de alguna forma lograron encontrar una vivienda sin las condiciones de higiene adecuadas pero que tenía la ventaja de tener que compartirla solamente con otras dos familias más. Era casi imposible conseguir comida y mucha gente moría a diario de inanición. "Por mucha suerte y gracias al Doctor Traian Popovici, el alcalde de la ciudad, uno de los pocos rumanos que tuvo el valor de tratar de ayudar a los judíos, nosotros logramos volver a nuestro departamento, ya que agrandaron el Gueto, pero que lo tuvieron que compartir con otros familiares, pero luego de pasar por el Gueto, ese departamento era como estar en un hotel cinco estrellas".

Todo lo vivido era terrible e inimaginable le decía Ana a su nieta, pero de repente se detuvo y le dijo que esta era la primera vez en casi cuarenta años que hablaba de esto y que con el tiempo le contaría más, pero que por ahora hablaran de otra cosa.

Sofía estaba helada. Nunca había escuchado nada de esto y no sabía cómo reaccionar, pero al mismo tiempo estaba feliz de haber sido ella la primera en escuchar todo esto de su abuela. Si bien, Ana no había entrado en detalles, Sofía lograba entender que esto era el principio de muchas otras atrocidades que su abuela había vivido y que esperaba con el tiempo lograr conocerlas para poder entender más de la historia de su familia.

Fue entonces, cuando Sofía le contó a su abuela que había estado leyendo sobre los judíos, pero que quería saber más. Que, si bien ella había sido educada sin ninguna relación particular con ninguna religión, con esta nueva información quería al menos aprender de la historia de un pueblo del cual no conoce prácticamente nada. Sofía le contó a su abuela, que entre los primos han existido ciertas discusiones al igual que con sus madres con respecto a cómo abordar esto. Le dijo que algunos son de la opinión de que esto es cosa del pasado y otros se han mostrado más interesados en al menos conocer la historia, quizás algunos ritos y costumbres y otros como Ricardo, el primo menor, muy motivado con aprender. Sofía le contó, que el otro día vio como las tres hermanas discutían al respecto. Le comentó cómo Andrea, definitivamente no quería saber nada del tema, preocupada más que nada por la reacción de su marido. Marcela, su madre, aún no se veía muy inclinada para ningún lado y Carla, la mamá de Ricardo era por lejos la más motivada y que incluso estaba pensando en tomar clases con Rab Zalman para aprender y acercarse a sus raíces.

Ana estaba un poco sorprendida con toda esta información. La verdad es que desde la revelación de que ellos eran judíos y la muerte de Alfredo ella sentía que el tema en cuestión era la mentira y el engaño, pero que a nadie en realidad le había interesado el tema del judaísmo. Ahora estaba incluso contenta. Estaba escuchando a su nieta contar cómo a varios integrantes de la familia al menos les interesaba conocer algo más de su pueblo y ella con esto se sentía más que feliz. Quizás, pensó, por esto sobrevivimos al holocausto…

Ari Wurmann

Capítulo 10
Czernowitz, agosto 1908

A fines de agosto de 1908, Karl andaba como un loco corriendo por todos lados. Como uno de los universitarios a cargo de la organización de la primera conferencia internacional de la lengua Idish, él tenía que preocuparse de que todo estuviera perfectamente presentable cuando los grandes exponentes de este idioma ingresaran al salón para realizar su exposición. Esto, además era una gran oportunidad para él. Su padre estaba encantado y fue por eso que lo ayudó a conseguir este puesto.

El promotor de la idea fue el Dr. Nathan Birnbaum, uno de los fundadores de Kadima, quizás la primera asociación sionista en Viena, mucho antes de que Herzl apareciera en escena, y primer secretario general de la organización sionista mundial. Su visión del sionismo discrepaba con la de Herzl, en cuanto Birnbaum representaba la visión cultural más que la política del movimiento y dado esto, se alejó de la Organización Sionista Mundial poco después del primer congreso realizado en Basilea en donde pudo conocer a Herschel y con quien se mantuvo en contacto durante los últimos años, lo cual le permitió a Karl lograr ser uno de los organizadores de tan magno evento. Birnbaum creía firmemente en la autonomía cultural de los judíos en Europa y luchaba para que los judíos fueran reconocidos como pueblo por el imperio Austrohúngaro y que el Idish fuera reconocido como su idioma oficial.

Obviamente entre los principales promotores del evento, se encontraba el Dr. Straucher, quien junto al Dr. Birnbaum expresaban lo urgente que era que el Idish fuera y se mantuviera como el principal idioma de los judíos en Europa y que este era un elemento clave en la lucha contra la asimilación.

Karl estaba disfrutando al máximo la oportunidad de no sólo conocer sino poder trabajar con personas tan importantes. Si bien al Dr. Straucher lo conocía desde que nació y lo consideraba como un tío, pero conocer a tantos escritores famosos y líderes judíos de Europa lo tenía muy entusiasmado. Además, con apenas veinte años, poder estar a cargo de tantas actividades y ser parte de la organización de un evento que sin duda alguna le daría notoriedad a la lengua hablada por los judíos y que podría llegar a ser el trampolín para conseguir definitivamente ser reconocidos como pueblo con autonomía por las autoridades locales, era simplemente un sueño para él.

Por otro lado, poder trabajar de la mano con su padre, quien sin duda tenía un rol protagónico en la organización, lo tenía aún más contento. La admiración que Karl tenía por su padre era definida por su madre, fascinante. Cada vez que Herschel daba un discurso o trabajaba desde la casa, ahí estaba Karl poniendo atención a todo lo que decía y hacía. Le encantaba escuchar la historia de cómo, con mucho esfuerzo, había logrado abrirse camino en la vida, estudiar una carrera y reconocer la importancia de que los judíos mantuvieron una identidad única, a pesar de él mismo haberse alejado del judaísmo ortodoxo. Karl era aún más libre pensador que su padre, pero según él, por ser más joven y por no haber pasado por la tortura de tantas horas de estudio de Torá como sí lo había hecho su padre. Amaba el idish y todo lo relacionado con la identidad judía, pero al mismo tiempo creía que ya era hora de que los judíos compartieran más con los otros residentes de Europa y así poder vivir en paz. Para él todo judío debía hablar Idish como primer idioma, pero también debería obligadamente hablar el idioma local para poder estudiar, trabajar y mantener amistades con los no judíos. En cuanto a la religión, él prácticamente no respetaba nada en el día a día, pero sí respetaba las grandes fiestas y en especial muchas costumbres que creía que eran esenciales para la identidad judía como pueblo. Karl creía en Dios, en Moisés y en la Torá, pero también pensaba que esta debía evolucionar y que no por no respetar todo o muy poco en su caso, se dejaba de ser judío. Creía que su aporte en conseguir que se oficializara el Idish como lengua oficial del pueblo judío era más importante que usar kipá o rezar todos los días.

Él quería ser político cuando saliera de la universidad, y quería luchar por la igualdad no sólo entre los distintos pueblos sino también económica y religiosa. Si bien no compartía completamente el ideario de Karl Marx, sí creía en muchas de sus ideas principales y pensaba dedicarse a luchar por estas. Además, estaba seguro de que con la ayuda de su padre y el Dr. Straucher no debería tener problemas para abrirse campo en la política local, pero él soñaba con seguir luchando por lo que su padre y su tío Benno llevaban años luchando. Él quería lograr igualdad total para los judíos, pero también quería luchar contra las injusticias como la pobreza. Karl quería irse a vivir a Viena para luchar desde la capital del imperio y no desde una pequeña ciudad alejada del lugar adonde se tomaban las decisiones importantes. Pero Karl era un joven inteligente y sabía que primero tenía que lograr cosas en el ámbito local y esta era una gran oportunidad para él.

Todo este evento sucedía mientras los judíos de Czernowitz vivían un gran momento. En especial su Tío Benno, quien ahora era el líder indiscutido de la ciudad. Dr. Benno Straucher con la ayuda de Herschel habían conseguido un gran avance en los últimos años. Habían fundado el Partido Nacional Judío en mil novecientos seis y además tenían un gran control sobre los aspectos políticos y económicos de la ciudad. Dr. Straucher fue elegido presidente de la comunidad judía en mil novecientos tres y además su lista había conseguido veinte de los cincuenta asientos en el ayuntamiento de la ciudad, por lo que él personalmente había elegido al alcalde de la ciudad, al Dr. Eduard Reiss. También controlaban la cámara de comercio, con un noventa por ciento de los asientos y seguía siendo diputado por Bucovina. Karl soñaba con conseguir esto y mucho más. Él veía como su papá y el Dr. Straucher no sólo eran elegidos en cargos públicos, sino también eran directores del Banco de Bucovina, la Cámara de Comercio, la Cervecería Czernowitz y el consejo estudiantil regional de Bucovina. Si bien Dr. Straucher era el personaje público, su padre era el que preparaba las estrategias, discursos y juntos lograron llegar a donde estaban. Eran sin duda alguna un gran equipo y la gente lo reconocía.

Un día, luego de haber estado hasta tarde revisando los últimos detalles de la conferencia, caminando a su casa, Karl, se encontró con un grupo de amigos y conocidos que estaban conversando. Era un grupo grande de jóvenes, entre los cuales se encontraba Sara, una joven de 19 años, un año menor de Karl, con la cual se puso a conversar. Sara era una joven muy atractiva y captó inmediatamente la atención de Karl, pero más que por su belleza, por su gran interés y conocimiento sobre el tema del sionismo. Se pusieron a conversar y eso llevó a que Karl la acompañara en el camino a su casa. Desde ese día se hicieron inseparables. Si bien Karl estaba muy ocupado con todo lo del evento, Sara se convirtió en su compañera y ayudante. Les gustaba hacer todo juntos.

El evento fue un éxito a pesar de que obviamente existieron fuertes discusiones acerca de qué era lo mejor. Uno de los grandes conflictos, eran las protestas que tenían los sionistas y religiosos por impedir que cualquier decisión que se tomara a favor del Idish, no afectara la dignidad e importancia del idioma hebreo para el pueblo judío. Finalmente se definió al idish como el idioma oficial del pueblo judío y no como el único idioma oficial del pueblo judío como varios de los asistentes más radicales sostenían.

Quizás el gran punto negro del evento fue la imposibilidad de asistir de Sholem Aleichem, quien por esos años era quizás el principal exponente de la literatura en Idish y quien lamentablemente no pudo asistir por encontrarse con tuberculosis. Para Karl el no haber podido conocer a uno de sus ídolos literarios fue una gran decepción, pero él sentía que había logrado con éxito su labor y ya soñaba con un gran futuro como líder político de su ciudad y por qué no del imperio también, obviamente acompañado por Sara.

Dr. Natan Birnbaum, luego de la conferencia, se mudó a Czernowitz, y fundó un diario semanal publicado en Idish y luego creó la Sociedad Judía de Teatro, para promover el idioma entre los más jóvenes.

Todo esto del movimiento pro-Idish, que básicamente buscaban crear un mayor sentido de nacionalidad a la población judía, creó muchos conflictos entre las distintas organizaciones. Lo que comenzó como una conferencia más bien cultural, terminó incendiando e incluso separando a las distintas organizaciones judías, por discrepancias muy profundas. Las principales diferencias tenían que ver no solo con el idioma, ya que muchos preferían el alemán como idioma para los judíos en Europa, especialmente los que querían ganar terreno en la política del Imperio Austro Húngaro, pero también con respecto a los sentimientos de nacionalismo que provocaban cierto resquemor entre los más asimilados.

Si bien, existían discrepancias, la comunidad judía de Czernowitz en esos años, siguió creciendo tanto en población, como económicamente y muy especialmente en influencia y poder dentro de la ciudad, contando con varios representantes en el parlamento y con varios períodos consecutivos ganando la alcaldía de la ciudad. Eran muy buenos años para los judíos de la ciudad y los jóvenes más asimilados así lo sentían. Nada hacía presagiar lo que vendría por delante.

Capítulo 11
Santiago de Chile, agosto 1990

Cuando Marcela llegó al Plaza Vespucio, ya había incluso más gente de lo que esperaba. Este 24 de agosto de 1990 era la inauguración del primer centro comercial tipo "Mall", en una comuna "popular". Era temprano y había mucha gente esperando la apertura y Marcela venía muy ansiosa para ver como resultaba todo. Llevaba meses trabajando con su agencia en el lanzamiento del Mall y estaba preocupada de cada detalle. Además, sin duda alguna la repercusión mediática de este evento podía significar en un gran trampolín para su agencia de publicidad, por lo que tenía clarísimo lo importante que era esto para ella.

Si bien el año no había sido fácil en lo personal, especialmente por la muerte de su padre, en lo profesional había sido hasta ahora muy provechoso y con desafíos muy interesantes y el lanzamiento del Plaza Vespucio era sin duda alguna, al menos para ella, el inicio de una nueva etapa para la agencia.

Las expectativas de todos eran altas, pero parecía que estaban quedando cortos. La masa de gente esperando afuera del Mall, la verdad era para impresionar a cualquiera. Marcela miró su reloj y eran apenas las 8:53 a.m. y el centro comercial abría recién a las 10 a.m., por lo que aún había tiempo para hacer los últimos retoques y además seguramente llegaría aún más gente. La mayor expectativa la causaba las aperturas de Falabella y Muricy, las dos tiendas anclas del mall, pero la verdad por la cantidad de gente que había, la apertura parecía que sería un éxito.

Cuando abrieron las puertas, Marcela ya tenía todo en control. Corte de cinta oficial, champagne, globos, challas y mucha parafernalia. La gente se veía feliz e impresionada con este nuevo Mall. Una de las cosas que más llamaba la atención fue la vitrina de Dijon, tienda de ropa, la cual tenía un maniquí atravesando la vitrina como si se hubiese tratado de meter por ésta, y colgaba con el cuerpo para adentro y la cabeza para afuera de ésta, simulando el vidrio roto y con sangre en el vidrio. Era entre grotesco y espectacular, pero la gente se paraba frente a la vitrina a mirarlo y había una gran aglomeración de gente fuera de esta tienda. Marcela, pensó, que, si bien a ella no le gustó la estrategia, sin duda alguna había llamado la atención.

Al terminar el día, Marcela llegó a su casa, con la sensación de haber triunfado. Fue un gran día, para ella, pero en especial para la agencia. Al llegar a casa la estaban esperando Hernán y sus hijos con un picoteo y champagne para celebrar el éxito de la apertura del Mall.

Marcela estaba feliz, la verdad es que el último mes y en especial las últimas semanas fueron una locura. Estaba contenta de poder sentarse a conversar con su familia y relajarse de una vez por todas. Brindaron por el éxito y por estar juntos. Conversaron un buen rato de la apertura del Mall y de lo entretenido que había sido, la locura de la gente y de la vitrina de Dijon.

Como era de costumbre, Sofía, quien había seguido conversando con su abuela mucho sobre la experiencia del holocausto, sacó el tema para contar qué le había contado su abuela esa semana. Sofía, contó que su abuela le había estado hablando mucho de la vida en la ciudad antes del holocausto y de cuando se conocieron con su abuelo y como la vida en Czernowitz fue cambiando rápidamente en los años treinta hasta llegar a la guerra. Lo que más recalcó Sofía, fue que su abuela le contaba mucho de costumbres judías que ellos tenían en esa época, a pesar de que como su abuela decía, ellos no eran religiosos.

Todo esto era prácticamente nuevo para Marcela. No conocía nada de costumbres judías, pero la verdad es que no conocía mucho tampoco de la historia de los judíos. Claro estaba, como la mayoría de la gente, conocía algo del Holocausto, de lo terrible del asesinato de los seis millones de judíos durante la segunda guerra mundial y no mucho más. Hernán, quien era una persona muy culta y muy fanático de la lectura, sabía bastante más que el promedio. Como buen lector se había leído la Trilogía del siglo XX, de Ken Follet, libros que relatan con mucha información y detalles a historia del siglo XX. Además, también había leído, La historia de los judíos, Éxodo, el Último Judío y varios libros que de alguna u otra forma, le servían para tener mucha información y poder compartir con la familia.

Si bien, Sofía, era prácticamente la única que había conversado estos temas con su abuela, su hermano

Ari Wurmann

Alejandro, quien estaba en tercero medio y le había tocado estudiar la segunda guerra mundial y con todo lo que se había conocido en el último tiempo en la familia, le interesó mucho el tema. Había pasado el último mes preparando un trabajo sobre esta guerra. Cada alumno tenía que elegir algún tema en particular. Muchos eligieron campos de concentración, otros el desembarco de Normandía, algunos hicieron trabajos sobre personajes relevantes del periodo, como Hitler, Eichmann o Churchill, pero Alejandro escogió un tema bastante más desconocido, pero que tenía, según él, mes relevancia para su familia. Alejandro hizo el trabajo sobre Transnistria, más específicamente sobre la deportación de los judíos de Czernowitz a Transnistria. Como el último mes Marcela había andado como loca con la inauguración del Mall Plaza Vespucio, Alejandro no había podido contarle de su trabajo, por lo que aprovechó esta reunión familiar de contarles a todos lo que había aprendido y descubierto.

Alejandro, comenzó contando que leyendo sobre la guerra en unos libros en el colegio había descubierto que había muchos más campos de concentración que los más conocidos y que muchos judíos habían muerto culpa del frío o del hambre en las eternas caminatas o en los trenes de ganado que transportaban a los judíos hacia los campos de concentración. Cuando estaba leyendo sobre este tema, descubrió que existían una región llamada Transnistria, en lo que hoy es Ucrania. Esta zona entre los ríos Dniester y Bug, fue ocupada por los alemanes y los rumanos durante buena parte de la segunda guerra mundial y luego recuperada por los soviéticos. Lo que llamó la atención a Alejandro, fue que había leído que entre doscientos cincuenta y trescientos mil judíos habían fallecido durante el periodo de la ocupación alemana y que muchos estos habían sido deportados de Bucovina, región en donde se encuentra Czernowitz. Alejandro contó que más de ciento cuarenta y siete mil judíos fueron deportados a Transnistria entre 1941 y 1943 y que al menos noventa mil habían fallecido, asesinados o de frío, hambre o tifus, dadas las terribles condiciones en que eran transportados o por falta de comida.

Alejandro contó que hacía mucho frío y que las condiciones de "vida" de los judíos deportados de Czernowitz eran absolutamente inhumanas. Dijo que todo este tiempo se había preguntado si sus abuelos habían sido parte de esa experiencia o si milagrosamente habían logrado salvarse y no habían sufrido tanto. Pensaba en la cantidad de historias terribles que seguramente tendría su abuela en la cabeza.

Cuando Alejandro terminó de contar todo esto, Marcela, quien había escuchado en silencio, lloraba como una niña. Lo que más le dolía era no saber nada de lo vivido por sus padres y les prometió a todos que ella, no solo averiguaría su historia familiar, sino que también había decidido conocer más de la terrible historia de un pueblo del cual ella poco o nada conocía, pero al cual, ahora sabía que pertenecía.

Ari Wurmann

Capítulo 12
Czernowitz, diciembre 1919

Sentado en su casa, ese veinticinco de diciembre de mil novecientos diecinueve, Karl, no podía dejar de pensar en todo lo que había pasado en los últimos años. Él solía decirle a Sara, su señora, que ni el mejor novelista hubiera podido imaginar todo lo que había sucedido en Czernowitz estos últimos años y en especial en sus vidas. El frío invierno se estaba haciendo sentir con todas sus fuerzas, pero este día para muchos y en especial para los judíos de Czernowitz, se acababan años terriblemente convulsionados y desde ahora todos debían pensar en dar vuelta la página y lograr levantar la ciudad, ahora bajo el mandato del Reino de Rumania.

Karl, se puso a recordar con Sara todo lo vivido desde que se conocieron y se hicieron inseparables. Le recordó cómo se conocieron el mil novecientos ocho, cuando él estaba ayudando a organizar la primera conferencia internacional de la lengua Yiddish. Luego cómo se casaron, en una hermosa ceremonia y más espectacular recepción el año mil novecientos once. Le recordó que había muchísimos invitados del parlamento, el alcalde de la ciudad y mucha gente influyente, dados los contactos que tenía su padre y sus obligaciones políticas. Se sonrió cuando se acordó de lo emotivo que fue el discurso de su padre ese día, recordando a su abuelo y toda la historia familiar. También, cuando dos años después, nació su primera hija, Rebeca y todo era felicidad. Tenía un buen trabajo en la Municipalidad de Czernowitz, ayudando al alcalde Salo Weisselberger y la ciudad florecía de forma impresionante. Eran muy buenos años para los judíos de la ciudad.

Toco comenzó a cambiar ese veintiocho de junio de mil novecientos catorce, cuando dos disparos del joven nacionalista Serbio Gavrilo Princip, mataban en Sarajevo al archiduque Francisco Fernando de Austria. Este suceso desató una crisis diplomática cuando el imperio Austrohúngaro dio un ultimátum al Reino de Serbia y con esto comenzaron a forjarse distintas alianzas estratégicas entre diferentes países. En cosas de semanas todas las grandes potencias europeas estaban en guerra.

La llamada primera guerra mundial en Czernowitz se hizo rápidamente presente. Al ser parte del imperio Austrohúngaro, pero estar físicamente más cerca de Rusia, hizo que esta zona y en particular esta ciudad, cambiara de manos seis veces durante la guerra. Esto de una forma u otra, significó que mucha gente huyera de la ciudad, que existieran persecuciones, hambruna y muchos militares en las calles.

El veintiséis de julio de mil novecientos catorce, a menos de un mes del asesinato de archiduque, una movilización comenzó en la ciudad. Decenas de miles de judíos llenaron las calles de Czernowitz y otras ciudades de la provincia de Bucovina. Gritos, cánticos y música marcial se escuchaban en todas partes. Todo este espíritu patriótico se debía a dos generaciones de gobierno imperial, en las cuales los judíos habían alcanzado los mismos derechos que el resto de los ciudadanos y altos cargos públicos.

Además, existía una confianza absoluta en las fuerzas armadas, que habían visto en desfiles y por sobre todo un gran apego y admiración al emperador Francisco José. "Vamos a conquistar a los rusos y vencer a los serbios y demostrar que somos austriacos", fue la canción que resonó en las calles y casas.

La primera batalla que el imperio ganó fue apenas a una distancia de ocho kilómetros afuera de la ciudad y muchos judíos fueron combatientes en esa batalla. Defendían a su imperio. Esta batalla fue observada por muchos habitantes de desde las colinas de Czernowitz usando binoculares. Ese triunfo fue muy celebrado.

Pero el avance ruso continuó y apenas una semana después de la primera batalla, lograban entrar a Czernowitz con muy poca resistencia.

Justo antes de la llegada de los rusos, al darse cuenta de los peligros que se avecinaban, los judíos comenzaron a huir. En los dos días previos a la entrada de las tropas rusas, entre 3000 y 5000 judíos se fueron de la ciudad hacia el sur.

El alcalde de Czernowitz, el Dr. Salo Weisselberger permaneció en su oficina. Formó un comité de recepción para dar la bienvenida al general ruso Arjutinow, quien comandaba la División de cosacos.

Al llegar, el general ordenó de inmediato que la ciudad pagara un impuesto de 600,000 rublos en un plazo de 24 horas, pagadero en oro. Veintitrés ciudadanos fueron arrestados y tomados como rehenes para asegurar el pago. Tortura, incendios y saqueos prosiguieron como amenaza. Los rusos establecieron su propia sede administrativa y la ciudad quedó aislada del mundo. Los periódicos alemanes fueron prohibidos y los judíos de Czernowitz tuvieron su primera experiencia de una cortina de hierro.

Todo este periodo fue terrible para la población judía. Más aún para Karl, cuando el dieciocho de noviembre de mil novecientos catorce, unos soldados rusos, simplemente por divertirse comenzaron a molestar a unos judíos en la plaza de la ciudad. Al ver esto, Herschel, el padre de Karl y jefe de gabinete de un miembro del supuesto parlamento se acercó a defenderlos y pedirles cortésmente a los soldados que los dejaran tranquilos. Los soldados no estaban para recibir órdenes de un judío en alemán y sin dudar uno de ellos le disparó en la cabeza matándolo al instante.

Karl quedó devastado. Por suerte para él, su cercanía con el Dr. Straucher y ser parte de la alcaldía, los protegió como familia de que nada más les pasara. Karl estaba dispuesto a todo para luchar contra los rusos. Él quería que su familia disfrutara de los buenos años del imperio y no del maltrato de los rusos.

Por fin ese deseo se hizo realidad. El diecisiete de febrero de mil novecientos quince, Czernowitz fue reconquistado por las tropas austriacas. Permaneció así, hasta el dieciocho de junio de mil novecientos dieciséis, cuando los rusos recobraron el control de la ciudad y la retuvieron hasta la muerte del Zar en mil novecientos diecisiete. Después de eso, la mayor parte de Bucovina, incluida Czernowitz, se convirtió en parte de Austria hasta que se disolvió el imperio en octubre de mil novecientos dieciocho. y dividido entre sus diversas naciones.

Esos tres años de constantes cambios trajeron hambre miseria a la población judía que aún permanecía en la ciudad. La mayor parte del ganado fue trasladado hacia el sur y los mataderos de Viena, mientras que todos los productos agrícolas fueron requisados.

Poco a poco, sin embargo, la población comenzó a regresar a su tierra natal. Los rehenes que habían sido deportados a Siberia por los rusos llegaron por diversos medios a fines de mil novecientos diecisiete.

El alcalde Dr. Salo Weisselberger fue nombrado caballero por su valiente posición y ayuda al imperio. Junto a él, siempre estuvo luchando su fiel asistente, Karl Grien, quien además en esa época fue padre de un varón. En plena guerra y en un periodo de angustia, nació Alfred Grien, un once de enero de mil novecientos diecisiete. La ceremonia del Brit, se hizo a escondidas y prácticamente en silencio, ya que los rusos no permitían ceremonias judías. Claro está, que esto fue una de las pocas alegrías de Karl durante la guerra.

A mediados de mil novecientos dieciocho la monarquía austrohúngara estaba en crisis, lo que provocó un debate en el Parlamento de Viena. El Emperador les pidió a sus naciones, el dieciocho de octubre de mil novecientos dieciocho, que eligieran Consejos Nacionales para participar en un Estado Federal. Hasta entonces, los judíos no eran reconocidos como una nación en términos de la constitución austriaca. Todos los partidos judíos en

Bucovina, sionistas, socialistas y liberales acordaron en una reunión conjunta exigir la autodeterminación de los judíos de Bucovina.

Los representantes de todas estas organizaciones viajaron a Czernowitz el 22 de octubre de 1918 para asistir a una conferencia. Entre los participantes se encontraba el Dr. Straucher como miembro del parlamento y Karl, en representación del alcalde. Allí se decidió crear un Comité Nacional Judío. Las otras nacionalidades de Bucovina: ucranianos, polacos, rumanos y alemanes también habían formado sus propios comités nacionales. Durante el debate sobre el futuro del Estado austriaco, húngaros, checos y eslovacos, así como croatas y eslovenos, comenzaron a exigir sus propios territorios.

El problema estaba en Bucovina, otra vez. La región se preparaba para una sangrienta batalla entre rumanos y ucranianos.

El archiduque Guillermo, había sido declarado regente de Ucrania e inmediatamente reclamó el territorio del este de Galicia y Bucovina. Czernowitz continuó siendo ocupado por tropas austriacas bajo el mando de sus antiguos oficiales.

El Comité Nacional de Ucrania declaró el territorio como ucraniano y ocupó todas las oficinas públicas con soldados de la Legión Ucraniana. La organización de autodefensa judía aseguró mediante patrullas fuertemente armadas todos los puntos de entrada a las áreas judías y envió una nota al Comité Nacional Ucraniano informándoles que la vida y propiedad judías serían protegidas. El ejército ucraniano formado por más de diez mil hombres armados decidió retirarse de esa parte de la ciudad en orden mientras cantaba su himno nacional.

El once de noviembre de mil novecientos dieciocho, las tropas rumanas bajo el mando del general Zadic entraron en Bucovina y comenzó una nueva era para los judíos de Czernowitz, ahora Cernauti. Los judíos, ahora constituidos bajo el Comité Nacional Judío, tenían la intención de lograr derechos e igualdad completa en esta nueva nación.

La emancipación y concesión de la plena ciudadanía para los judíos de Rumania fue decidida por las Grandes Potencias y Rumania el nueve de diciembre de mil novecientos diecinueve.

Finalmente, sentado en su casa Karl, recordó todo esto, el mismo día, que todas las asambleas nacionales en Bucovina se disolvieron y la Asamblea Nacional Judía concluyó su trabajo. En tiempos de peligro, este organismo nacional, del cual Karl había sido un activo dirigente, había protegido a los judíos de Bucovina contra los ataques de las autoridades estatales y militares. También logró un importante liderazgo nacional que luchó por la igualdad de derecho de los judíos. Con todo eso, logró brindarle a la próxima generación la esperanza de convertir un hogar temporal en uno permanente. En eso al menos soñaba Karl.

Ari Wurmann

Capítulo 13
Santiago de Chile, septiembre 1990

Tal y como lo había planificado Nana, era la noche del diecinueve de septiembre de mil novecientos noventa y terminaba así un fin de semana largo, considerando el "puente" del lunes diecisiete y estaba toda la familia unida alrededor de la mesa para celebrar el primer Rosh Hashana, año nuevo judío, "oficial" de la familia. La verdad es que no estaban todos, ya que Juan Eduardo y su hijo Sebastián se habían quedado en el sur, pero Nana estaba segura de que una de las razones de esto era que no querían participar de esta celebración judía.

Cuando un par de semanas antes, Nana, les había dicho que quería hacer una comida para que celebraran Rosh Hashana, a las hijas les pareció bien y a varios de los nietos les pareció muy interesante comenzar a aprender de su historia. Nana les explicó que hace muchos años que no hacían una cena oficial, a pesar de que todos los años sin contarles se juntaban en su casa a comer esa noche. La gran diferencia de este año era que Nana había decidido, por un lado, hacer algunos ritos, que se los explicaría en su momento, además de que había invitado un poco más tarde ya que ella iría a la sinagoga, cosa que no habían escuchado antes.

Algo que Nana no esperaba, era que sus hijas, dos de sus yernos y varios nietos decidieron acompañarla a la sinagoga. Como ella era cercana a Rab F, decidió ir a la Sinagoga de Jabad. Esta era una casa no muy grande, ubicada en la calle La Gloria, en donde los hombres rezaban separados de las mujeres, como es usual en las sinagogas ortodoxas judías. Dado esto, Nana, le pidió especialmente a Rab Zalman que recibiera a sus yernos y nietos y los ayudará a sentirse cómodos y poder entender algo de lo que estaba pasando.

Como Carla estaba asistiendo a clases con Rab Zalman, ya entendía más y sabía lo que estaba pasando. Su hijo Ricardo, también llevaba una cierta ventaja al resto, ya que estaba tomando religión judía en el colegio y algo había estudiado de Rosh Hashana. Marcela, había leído un par de cosas desde que decidió que iría a la sinagoga algo también entendía. El resto no mucho, pero en general encontraron que los rezos eran muy lindos, aunque algo desordenados.

Casi al final del rezo, Rab Zalman se levantó y comenzó a decir las siguientes palabras: "Una vez un hombre fue a un safari en África. Estando allá tuvo la posibilidad de pasar por al lado de un gran elefante africano. Éste estaba absolutamente maravillado con su tamaña y fuerza. En la noche, a este hombre le pareció ver la silueta del elefante muy cerca de las carpas en donde todos estaban. Se acercó y vio que el elefante estaba amarrado con una delgada cuerda a un pequeño poste. Claramente le pareció irrisorio. El elefante podía sacar el poste sin ningún problema. Corrió adonde el guía y le dijo con preocupación que el animal podría escapar y atacar el campamento. El guía lo calmó y explicó que el elefante no se movería. Le explicó que el elefante desde que era muy pequeño y apenas pesaba 150 kilos, lo amarraban con la misma cuerda a un poste de similar tamaño e intentó en reiteradas ocasiones escapar, pero nunca lo logró. Ahora el elefante pesa 7 mil kilos y si bien puede arrancar el poste sin ningún problema, está convencido que no puede hacerlo.

Muchas veces, continuó Rab Zalman, nosotros nos comportamos de la misma manera. Somos un elefante que cree que las realidades anteriores son la única realidad. Que los errores que cometimos antes no podemos mejorarlos y que no podemos cambiar. Quizás esta es la invitación que me gustaría hacerles este año. Podemos cambiar y podemos mejorar. Es más, no solo podemos, sino que debemos. Nuestro deber como seres humanos es trabajar día a día para mejorar como personas. Preocuparnos del prójimo y trabajar en mejorar nuestras conductas y errores. El "yo no puedo cambiar" …es para el elefante. Shana Tova para todos, que tengamos un año dulce".

Al llegar a la casa, todos comentaron las palabras de Rab Zalman. La verdad es que a varios les habían hecho mucho sentido y de una gran inspiración. Carla, le agradeció a su madre por haberlas invitado y estaba muy emocionada. Luego pasaron a la mesa y Nana, les explicó que había ciertos ritos, como la bendición del vino, y de la Jala agula, típico pan trenzado redondo, y otras más. Como nadie sabía estas *brajot*, bendiciones, ella mismas las hizo, a pesar de que es normal que las recite un hombre. Luego les deseó a todos un Shana Tova

Umetuka, un año nuevo muy dulce y comenzaron a disfrutar de la cena.

Mientras comían, de repente se hizo un silencio y Nana, como de la nada y casi como transportada al pasado, empezó a hablar: "Como olvidar ese Rosh Hashana de mil novecientos cuarenta y uno. Era septiembre, y el clima aún estaba agradable para lo que estábamos acostumbrados en Czernowitz. Fue nuestro primer Rosh Hashana casados con Alfredo y lo tuvimos que pasar solos en nuestro departamento, ya que los judíos no podíamos salir de las casas más que tres horas en las mañanas para ir de compras. Llevábamos un poco más de seis meses de casados y si bien el ambiente en la ciudad para los judíos era ya muy difícil, para nosotros fue una íntima celebración, con el deseo de que el año 5.702 del calendario judío trajera buenas noticias y cambiará esta terrible situación. Me recuerdo como Alfredo agarró la copa de vino e hizo el *Kidush,* la bendición del vino y al terminar dijo prácticamente llorando shehejeyanu, ve'kihimanu, v'higianu la zman hazeh, Que es un rezo que agradece a Dios por habernos permitido llegar a este día. Alfredo, su padre, suegro y abuelo, estaba muy preocupado de lo que podría venir en el futuro para nosotros y estaba muy nervioso. Recuerdo como si fuera ayer. Teníamos tantos planes, tantos sueños. Éramos dos jóvenes enamorados con muchas ideas, pero los nazis y los rumanos nos estaban haciendo imposible la vida. Pasábamos encerrados en la casa y teníamos que usar la estrella de David amarilla bordada sobre la ropa, al lado izquierdo del pecho desde Julio. Cómo olvidar esos días, pero en ese terrible mundo de horror, nosotros sentados celebramos nuestro primer y último Rosh Hashana, juntos en nuestro departamento, esperando que el año siguiente fuera mejor"

Al terminar, con todos absolutamente callados, Ana dijo: "lamentablemente el año siguiente fue mucho peor", de repente como que despertó del trance y se dio cuenta que había contado algo que nunca había conversado con su familia. Las hijas se le acercaron y le dieron un beso y ella les dijo, con mucha calma y amor, -pero lo que vino después en la vida fue un regalo y todos ustedes lo son para mí.

En ese momento, Andrea, la hermana menor, agarró un tenedor y golpeó suavemente una copa y pidió hablar. A todos les sorprendió, ya que Andrea no era de andar dando discursos. Andrea, dijo que, como todos saben, desde que nos enteramos de que éramos judíos, y conocimos a Rab Zalman, yo he estado estudiando con el Rabino y Ricardo decidió tomar el ramo de judaísmo en el colegio, y dado esto Ricardo que está por cumplir trece años en enero, les quiere decir algo. Ricardo, el menor de todos los primos, se levantó y dijo: "Familia, Nana, con el apoyo de mis padres he decidido que en enero haré mi Bar Mitzva."

Ari Wurmann

Capítulo 14
Czernowitz, agosto 1931

Caminaban lentamente por el cementerio, ese veinticuatro de agosto de mil novecientos treinta y uno, Alfred de catorce años, junto a su hermano Efraím de apenas siete años y su madre Sara y el resto de la familia y amigos. Ya habían realizado los rezos y ahora avanzaban por las diferentes áreas en que estaba dividido el cementerio. La ubicación de donde enterrarían a Karl era el área ciento siete, parcela 32 y la caminata era larga, pero para Alfred se estaba haciendo eterna. Alfred era un joven muy activo socialmente y muchos de sus compañeros de Hashomer Hatzair, un movimiento sionista del cual él participaba, lo acompañaban ese día. Todo fue muy rápido. Karl comenzó con una tos un día y luego pulmonía y neumonía y casi sin tiempo que se dieran cuenta, hoy lo estaban enterrando. Tenía apenas cuarenta y tres años.

Karl, luego de la gran guerra, trabajaba en la fábrica de ropa Tricotania como unos de los gerentes a cargo, tenía una situación económica bastante buena. Si bien tenían un buen pasar, ahora las cosas se complicaron para la familia. Alfred sabía que su sueño de hacer Aliá, irse a vivir a Israel, con esto se esfumaba o al menos se atrasaba por muchos años. Él ahora tenía que hacerse cargo de la familia y no podía llegar e irse. Tenía una madre y un hermano menor que cuidar. Rápidamente tendría que hacerse hombre.

En esos días se habían conocido los números preliminares del censo de la ciudad, realizado el veintinueve de diciembre de mil novecientos treinta. Este indicaba que alrededor de cuarenta y dos mil judíos vivían en la ciudad, siendo alrededor del treinta y siete por ciento de la población total. Del total de judíos casi el ochenta por ciento había contestado que el Idish era su lengua materna y el resto contestó que el alemán. Esto provocaba gran molestia en los rumanos que querían conseguir que el rumano fuera la lengua de todos.

A pesar de la hostilidad de los nacionalistas rumanos, las importantes posiciones que los judíos tenían en la vida económica y social, les permitían lograr importantes cargos dentro del Concejo Municipal y así mantener medianamente controlada la situación.

Desde el final de la gran guerra, varios judíos fueron diputados y senadores por Cernauti en el parlamento rumano. Mientras los judíos eran oficialmente considerados como una minoría nacional en esa época, por otra parte, eran objeto de una fuerte presión cultural para su "rumanización" ejercida a través de las instituciones del Estado y especialmente a través de las escuelas.

La presión de los rumanos por tomar control de las escuelas era muy fuerte. Querían que el rumano fuera el principal lenguaje, y los judíos en general usaban el Idish como idioma para educar. Además, en la escuela en donde asistía Alfred, se ponía mucho énfasis en que los jóvenes entendieran la historia del pueblo judío y su cultura, motivando a los jóvenes a hacer "Aliá", ir a Israel, bajo el mandato británico. Uno de los grandes cambios vividos en los últimos años era el control que ponía el gobierno rumano al ingreso a la universidad. El gobierno a través de pruebas y entrevistas decidía quién podía acceder a la universidad, dándole preferencia absoluta a los alumnos rumanos, por lo que los jóvenes judíos que accedían eran cada vez menos. Dado esto, los colegios judíos, comenzaron a entregar formación técnica en sus últimos años. Alfred, decidió seguir la carrera de sastrería, con la cual pretendía hacerse camino en la fábrica en donde trabajaba su padre antes de fallecer. La familia dueña de Tricotania, los hermanos Segall, contrataron a Alfred, a pesar de su edad, para que trabajara en las tardes y los fines de semana en la fábrica. Así él podía aprender y al mismo tiempo ayudar a su familia.

Todo esto había cambiado mucho la vida de Alfred. En los últimos años, su vida había sido Hashomer Hatzair. Este movimiento Sionista buscaba más que nada, preparar espiritual y físicamente a los jóvenes judíos para su llegada a Israel. Era tal la fuerza de este y otros movimientos juveniles judíos, que en los últimos años Czernowitz había recibido a los más importantes líderes del movimiento sionista mundial. Líderes de la talla de Chaim Weizmann, Martin Buber, o Jabotinsky habían maravillado a cientos de jóvenes con sus discursos y charlas. En especial la visita de Weizmann en mil novecientos veintiséis, dos años después de la creación de la organización mundial Hashomer Hatzair. Otro punto culmine para Hashomer Hatzair Czernowitz, fue cuando lograron que el grupo "Trumpeldor" llegara a Israel. Ese simple logro consiguió motivar a muchos jóvenes a ingresar al movimiento con el sueño de ser los próximos.

Si bien uno puede ver a Hashomer Hatzair y a los otros movimientos juveniles sionistas de la época como solamente un vehículo para llegar a Israel, también eran un fenómeno cultural. Dentro del programa estaba el estudio del idioma hebreo y también de la Torá. También se estudiaba cultura judía y geografía de la tierra de Israel. Había mucha discusión y se leía mucho. Las lecturas eran tan variadas como literatura jasídica, filósofos como Nietzsche, Kant, Platón e incluso Spinoza. Obviamente también se leía y revisaba las posturas de diferentes líderes judíos y del sionismo, como Pinsker, Ajad-Haam y por su puesto Hertzl. Se puede decir con total certeza, que los jóvenes de Hashomer a pesar de su distancia de la cultura de la metrópolis que era Viena, eran muy ilustrados y podían hablar de muchos temas a pesar de que la mayoría nunca había salido de Bucovina.

En eso pasaba sus días Alfred, antes del fallecimiento de su padre. A Karl le fascinaba que su hijo tuviera esos sueños. Que soñara con llegar un día a pisar la tierra de sus ancestros. Para Karl esto no tenía nada que ver con la religión judía sino con su pueblo y su historia. Para Karl que su hijo tuviera la oportunidad de vivir en la tierra de sus antepasados era impresionante. Lamentablemente para todos, con el fallecimiento de Karl este sueño se alejaba más que nunca.

Capítulo 15
Santiago de Chile, enero 1991

Como era habitual para un diecinueve de enero, hacía mucho calor. Ese sábado de comienzos de mil novecientos noventa y uno era muy especial para Ricardo. Se levantó muy temprano, ya que quería repasar su discurso sobre la parashá, la porción de la Tora, que le tocaba leer.

A las nueve y media de la mañana se fueron a la sinagoga, en donde los esperaba Rab Zalman y varios familiares.

Sentada en la primera fila del lado de las mujeres estaba Nana, la abuela, que lloró desde el principio hasta el final de la ceremonia. Carla muy emocionada, sentada al lado de su madre y junto a sus dos hermanas. Todo el resto de la familia estaba presente con la excepción de Juan Eduardo, quien a estas alturas estaba prácticamente separado de Andrea y su hijo Sebastián, quien era muy cercano a su abuela materna y ésta le había metido cosas en la cabeza sobre los judíos. Todo el resto estaba siendo testigo del primer Bar Mitzva en la familia desde mil novecientos treinta, más de sesenta años antes, cuando Alfred realizó su Bar Mitzva en la Gran Sinagoga de Czernowitz.

Ari Wurmann

Como a las diez de la mañana, llamaron a Daniel Ben Abraham, el nombre en hebreo de Ricardo a la lectura de la Torá. Todos quedaron muy impresionados con lo bien que leyó en hebreo, a pesar de no saber el idioma y apenas haberse preparado por poco más de dos meses. Al terminar la ceremonia, Rab Zalman, se dirigió a todos y recalcó lo importante que era este evento para la vida de Ricardo. Explicó que desde ahora Ricardo pasaba a ser considerado un adulto dentro del pueblo judío y que dado esto ahora tenía responsabilidades. También destacó que Ricardo haya sido el primero luego de sesenta años lo convertía en el receptor, tardío pero receptor, al fin y al cabo, del testimonio inquebrantable de la tradición judía. Tal como lo había recibido su abuelo, bisabuelo y generaciones para atrás.

Luego fue el turno de Ricardo, quien se paró con total presencia al frente de la sinagoga y comenzó con su discurso: *"Quiero agradecer a todos los que hicieron posible que yo este acá. A mi abuela Nana, quien hace menos de un año nos contó que éramos judíos y que me permitió en poco tiempo ir conociendo mis raíces. A mis papás que no solo me entendieron cuando les dije que quería hacer mi Bar Mitzvá, sino que también me apoyaron. A Rab Zalman, quien me enseñó todo lo que sé hasta ahora y a todos lo que están acá. Según estudié, no es casualidad la Parashá que a uno le toca. A mí me tocó la Parashá Bó, la cual parte con la octava plaga y nos describe la novena y décima plaga, explicando todo el proceso de cómo los judíos se salvan de la muerte del primogénito.*

Hay algo que me llamó mucho la atención dentro de esta Parashá y es que a pesar de que Dios sabía perfectamente a qué primogénitos matar y a cuáles no, igual les dice a los judíos que marcaran sus portales de sus puertas con sangre para que el ángel de la muerte no entre a esas casas a matar al primogénito. ¿Para que se los pide? ¿Para qué pintar si Dios sabía perfectamente qué hacer?, la respuesta que me gustó mucho y que describe algo esencial para los judíos, es que, si bien hay que tener una fe absoluta en Dios y saber que todo depende de Él, nosotros los judíos, igual tenemos que poner todo nuestro esfuerzo en hacer que las cosas pasen. Esto no significa que pasan por nuestro esfuerzo, pero sí que Dios quiere que nosotros demos el máximo.

Creo que esta lección es fundamental para la vida y al mismo tiempo me enseñó a mí, que hoy paso a ser adulto según la ley judía, a que tengo que ser responsable por mis acciones y que debo esforzarme para lograr lo que me proponga. Bueno, muchas gracias por estar acá conmigo, los quiero mucho y Shabat Shalom".

Apenas terminó el discurso, se vio a Rab Zalman como saltar de su silla, gritar Mazel Tov, felicidades en hebreo y agarrar de la mano a Ricardo mientras cantaba y se ponía a bailar. El resto de los hombres se levantó e hicieron una ronda mientras aplaudían y cantaban canciones de alegría. Nana miraba desde el lado de las mujeres, con una cara de alegría que sus hijas no recordaban haber visto desde el día que su padre se había caído en la ducha. Nana aplaudía, reía y lloraba de emoción todo al mismo tiempo. Por su mente pasaban tantos recuerdos de su infancia y tantos dolores de la época de la segunda guerra mundial, que el flujo de emociones era impresionante. Cómo olvidar todos los años en Chile, en donde habían ocultado su religión, incluso a sus hijas y ver ahora a su nieto menor hacer su Bar Mitzva era algo único y que nunca había soñado.

Cuando hace menos de un año les contó la verdad sobre su pasado, lo único que pedía era que sus hijas los entendieran y perdonaran, pero nunca se le pasó por su cabeza que, en tan solo casi nueve meses, estaría celebrando el Bar Mitzva de un nieto. Que maravillosa e increíble es la vida, pensó, mientras miraba hacia cielo pensando en cómo estaría disfrutando su amado Alfredo desde arriba.

Capítulo 16
Czernowitz, julio 1941

Parado, Alfred, miraba escondido desde su ventana cómo la gran sinagoga, en donde se había casado apenas cuatro meses atrás, ardía en llamas. Alfredo nunca olvidaría ese cinco de julio de mil novecientos cuarenta y uno.

Unas horas antes, hombres de la Gestapo habían entrado a la ciudad y arrestaron al líder espiritual de los judíos, al gran rabino Dr. Abraham Jakob Mark y luego habían llevado dos grandes barriles de gasolina al frente del altar para quemar la sinagoga. Algunos judíos valientes trataron de salvar los sesenta y tres rollos de la Torá que había en su interior. En muy pequeño tiempo, mientras Alfredo miraba desde su ventana escondido detrás de una cortina, la sinagoga se incendió por completo. Lo único que quedó en pie fueron las murallas exteriores y el marco de acero de la maravillosa cúpula.

Mientras se quemaba la Sinagoga, la Gestapo había puesto en marcha un operativo, bajo el liderazgo del capitán Finger, en donde bloqueaban las calles adonde vivían judíos y sacaban a los hombres a la calle y se los llevaban a la Casa de la Cultura Rumana, en donde los interrogaban. Alfred miraba desde su ventana todo esto, asustado y sin saber que pasaría y si es que lo encontrarían a él también o no, o más bien, cuándo lo encontrarían y qué le harían.

En eso estaba, cuando se puso a pensar en todo lo que había pasado desde que falleció su padre, poco más de diez años atrás. Alfred de catorce años en ese entonces, comenzó a trabajar en Tricotania, mientras estudiaba y destacó inmediatamente por su buen gusto y por sobre todo como maestro en corte. Era hábil y muy talentoso, ascendiendo rápidamente en la empresa. Los años pasaron, Alfred terminó el colegio y siguió creciendo en la empresa hasta llegar al cargo de sastre maestro. Es decir, todo lo que se fabricaba pasaba por él. Todo iba bien en lo personal. Además, se enamoró perdidamente de Jana Ungar, con la cual se casó el nueve de marzo de mil novecientos cuarenta y uno.

Ese día, acompañado por su madre y su hermano Efraím, entró a la sinagoga, que hoy veía quemarse sabiendo que era el dia más feliz de su vida, pero con el temor de no saber que pasaría en un mundo que se veían muy sombrío.

Recordó lo duro de los últimos años. La llegada de Hitler al poder en Alemania y todo lo que había sucedido en Rumania en los últimos años. Cómo todo se había ido poniendo color gris y luego gris oscuro. En las elecciones rumanas de mil novecientos treinta siete, ganó Octavio Goga la mayoría parlamentaria e inmediatamente estableció leyes de carácter antisemita. Al ganar Goga se unió con el partido de un conocido político antisemita y aliado de Hitler, Alexandre C. Cuza, creando una coalición conocida como Cuza, lo que provocó muchas molestias para la población judía. Un ejemplo de esto fue que en los pueblos y las ciudades como Czernowitz, comenzaron a haber arrestos e interrogatorios a judíos en formato Gestapo.

Este gobierno duró muy poco, dado que en febrero de mil novecientos treinta y ocho, el rey Carol II abolió la constitución, prohibiendo la existencia de partidos políticos, comenzando así una dictadura monárquica que duraría hasta el cinco de septiembre de mil novecientos cuarenta.

Todo esto se vivía en Rumania, mientras Hitler en enero de mil novecientos treinta y nueve en su discurso frente al Reichstag, parlamento alemán, predijo la aniquilación de todos los judíos de Europa, lo cual fue recibido con júbilo entre la población rumana de Czernowitz. A esto hay que sumarle que, con la invasión alemana a Polonia, comenzaron a llegar refugiados judíos a la ciudad, los cuales fueron muy bien recibidos por los judíos de Czernowitz, no sólo como un acto humanitario sino también porque sabían que ellos podrían estar en la misma situación en un futuro muy cercano.

Cuando el rey Carol II abdica al poder, su sucesor Mihai I, nombra a Marschall Antonescu, con la aprobación de Hitler como primer ministro. En diciembre de mil novecientos cuarenta, Rumania ya contaba con leyes que prohibía a los judíos poseer propiedades, tierras ni barcos.

Mientras eso pasaba, en Bucovina se estaba comenzado a sufrir la guerra. El veintiocho de junio de mil novecientos cuarenta el ejército ruso llega a Czernowitz. Con esto la población judía no sabía si esto vendría acompañado de buenas o malas noticias. Lo que parecía era que no tenían escapatoria. Por un lado, los rusos y por el otro los rumanos con la ayuda de Hitler.

Al entrar los rusos, éstos quedaron impresionados de los bien vestida que se veía la gente y cómo incluso los trabajadores vivían en casas decentes y limpias, que sus hijos iban a la escuela y que en general la gente estaba satisfecha con su vida. Fue una sorpresa para ellos que venían con el discurso comunista bien aprendido. A pesar de esto, igual comenzaron los cambios. Los judíos fueron los que más sufrieron con las medidas promulgadas. Estaban en las profesiones que los funcionarios soviéticos odiaban especialmente. Los rusos crearon dos tipos de pases. El tipo 39 y el tipo 40, malos y buenos respectivamente. El pase 39 se les entregaba a todos los propietarios de tierras, dueños de empresas, banqueros, empresarios. El tipo 40 se les entregaba a trabajadores, profesores, médicos. Los poseedores del pase tipo 39, podían ser expulsados de su vivienda en cualquier momento, cosa que ocurría con frecuencia y reubicados a viviendas en la periferia. Además, les era casi imposible conseguir trabajo. Alfred, como empleado recibió uno del tipo 40, lo que le permitió conservar su empleo y su departamento.

Los residentes tuvieron que ocuparse de limpiar las calles por sí mismos, y la policía rusa hizo que las personas del pase tipo 39 los antiguos "opresores" limpiaran las calles y palearan la nieve en áreas que se encontraban lejos de sus viviendas. No había alumbrado público. Sólo las casas de altos funcionarios comunistas recibían electricidad.

Había largas filas frente a las tiendas. Era una gran alegría si uno podía conseguir algo antes que se agotara. Los niños y los ancianos tenían que ayudar esperando en la fila, ya que la ama de casa no podía ir a todas las tiendas simultáneamente para hacer compras. El pan escaseaba y en general era insoportable. El azúcar y la mantequilla eran raros. Los trabajadores generalmente podían comprar galletas y salchichas en su lugar de trabajo. Todo era caos. Pero aún se podía vivir y eso pensaba Alfred en esos momentos.

Las escuelas fueron reformadas al estilo comunista. Los idiomas oficiales eran el ucraniano y el ruso. En las dos escuelas yiddish de Czernowitz, a los niños se les enseñó a denunciar a los "enemigos del pueblo", incluso si eran sus padres y a despreciar la religión y a honrar a Stalin como un Dios.

Todos los anuncios públicos se publicaban en ruso, que también pasó a ser el idioma oficial en las oficinas públicas. A nadie le importaba si uno no entendía el idioma. Cualquiera que se atreviera a pedir ayuda era amenazado con una acusación de sabotaje contra la orden existente. La amenaza fue aterradora porque las sentencias de los tribunales soviéticos fueron devastadores. Para los delitos más triviales, se dictaron penas de prisión de veinte años o más.

La noche del trece de junio de mil novecientos cuarenta y uno, todo cambió, cuando una gran parte de la población fue sacada de sus camas, cargada en camiones y "mandada" a Siberia. El método de deportación era absolutamente diabólico. En un período de no más de dos horas, las víctimas tenían que despedirse de las posesiones que habían acumulado durante toda su vida y se les permitía llevar solamente cincuenta kilos de lo que quisieran por persona. Como no estaban preparados y congelados de miedo, pusieron cosas triviales en sus mochilas, mientras que los objetos más importantes fueron olvidados. Fueron llevados a la estación de ferrocarril en camiones y cargados en vagones de ganado. Las familias a menudo se separaban con el padre viajando él en un carro y la esposa y los hijos en el segundo.

Entre los afectados se encontraban ex industriales, dueños de propiedades, comerciantes, políticos, funcionarios, jueces, sionistas y varios otros "enemigos del pueblo". Antes de irse, los deportados se vieron obligados a firmar un documento que indicaba que habían aceptado voluntariamente el reasentamiento. Aproximadamente tres mil ochocientas personas fueron enviadas a Siberia, de estos un ochenta por ciento eran judíos.

Alfred, ese día pensó que tuvo una gran suerte, pero hoy, mirando como se quemaba la sinagoga y veía a los de la Gestapo correr por la calle persiguiendo judíos, no estaba tan seguro.

Capítulo 17
Santiago de Chile, junio 1991

Aún era temprano y hacía frío, pero Ignacio con su hijo Ricardo, ya estaban sentados en el Monumental esperando con mucho entusiasmo que comenzara la final de la Copa Libertadores de América, entre Colo-Colo y Olimpia del Paraguay.

Ese cinco de junio de mil novecientos noventa y uno era muy especial para el país. El país estaba unido, por primera vez desde la llegada de Salvador Allende a la presidencia en mil novecientos setenta y más aún desde el golpe de estado el once de septiembre de mil novecientos setenta y tres. Personas de derecha y de izquierda, de la "U" o del Colo, grandes y chicos, todos, estaban unidos y esperanzados de que Colo-Colo ganara por primera vez en la historia una Copa Libertadores para el país. Ese día todo giraba en torno a un partido de fútbol.

Habían sido complejos los últimos meses. En febrero, el presidente Patricio Aylwin había recibido el informe Rettig y el cuatro de marzo lo había dado a conocer al país. Este informe, preparado por la Comisión Nacional de Verdad y Reconciliación, revisó un total de tres mil novecientos veinte casos con dos mil doscientos noventa y ocho casos de víctimas de violaciones a los derechos humanos durante los diecisiete años del gobierno o dictadura militar de Augusto Pinochet.

Ese día el presidente dijo: "Como Presidente de República, me atrevo a asumir la representación de la nación entera para, en su nombre, pedir perdón a los familiares de las víctimas, reivindicando pública y solemnemente la dignidad personal de las ellas, en cuanto hayan sido denigradas por acusaciones de delitos que nunca les fueron probados y de los cuales nunca tuvieron oportunidad ni medios adecuados para defenderse."

Todo esto era parte de un proceso importante pero no menos traumático para el país y que provocaba una gran división. Para dividir más al país, el primero de abril de ese año, un comando del Frente Patriótico Manuel Rodríguez asesina en las afueras de la Universidad Católica al senador de la UDI Jaime Guzmán Errázuriz, considerado el principal ideólogo de la dictadura militar. Este era el primer asesinato de un senador de la república desde la vuelta a la democracia, lo que provoca gran temor por la posible reacción de los militares, pero también por la estabilidad de la aún frágil democracia chilena.

Por eso, la final de la Libertadores era tan importante. Servía sin duda alguna con una válvula de escape para toda la tensión y diferencias que se vivían en esos días en el país.

En la familia había también pasado por muchas cosas. Definitivamente Andrea se separó de Juan Eduardo, quien además se fue a vivir a Estados Unidos a trabajar al consulado de Chile en Nueva York. Sebastián su hijo decidió irse con él y terminar su carrera estudiando en

Columbia. Paula se quedó con su madre y estaban cada vez más unidas. Por el lado de la familia de Marcela, sus hijos Alejandro y Sofía estaban cada vez más interesados en conocer la historia de su pueblo y Sofía pasaba horas conversando con su abuela para que le contara más de su vida en Rumania.

Luego de meses conversándolo, las tres hermanas lograron convencer a su madre de que toda la familia hiciera un viaje a Europa y a Israel y estaban en plenos preparativos, para definir la fecha y a qué lugares irían. Nana luego de aceptar la idea, estaba muy entusiasmada, pero al mismo tiempo con algo de miedo a volver a lugares que le traían tantos recuerdos.

En eso estaban Ricardo con su padre conversando en el estadio a la espera del comienzo del partido. Ricardo le contó a su padre que cuando iba al estadio con su abuelo, siempre conversaban de su llegada a Chile y de porqué era hincha de Colo-Colo. Ricardo le contó que una vez conversando, Alfredo, su abuelo, le relató que cuando llegaron a Chile, ellos se fueron a Talca y que estaban contentos ya que ahí no conocían a nadie. Le dijo que en Santiago había mucha gente que venía de Rumania y que ellos no querían recordar el pasado. Ricardo, le dijo que ahora que sabía la historia de que eran judíos, entendía por qué sus abuelos no querían vivir en la capital. Acá se verían con otros judíos de Rumania y ellos no querían ser reconocidos como judíos. No querían que sus hijas supieran la verdad ya que no querían que ellas sufrieran lo que ellos habían sufrido.

Tanto Ricardo como Ignacio se quedaron un rato callados pensativos. Luego el estruendo de la salida de los equipos a la cancha los devolvió a la realidad. Cuando comenzó el partido, todo era nervios. Colo-Colo no contaba con Patricio Yáñez ni Rubén Martínez ambos suspendidos. Tampoco estaba Ricardo Dabrowski quien estaba lesionado. Marcelo Barticciotto era el único delantero titular en el equipo, y Mirko Jozic tuvo que colocar al Coca Mendoza como puntero y confiar en Luis Pérez como el nueve de área. Todo esto le agregaba aún más nervios al partido. Pero todo eso se disipó a los doce minutos cuando Luis Pérez luego de una fantástica pared con Rubén Espinoza abre el marcador y luego a los diecisiete el mismo Pérez, tras centro de Barticciotto colocaba el dos a cero que tranquilizaba y volvía loco a todo el mundo. El Monumental era una fiesta, se llenaba de antorchas y cánticos de campeón cuando a los ochenta y cinco minutos del partido, Leonel Herrera, tras otro centro de Barticciotto colocaba el definitivo tres a cero, con lo que consagraba campeón de América a Colo-Colo y le daba una alegría y algo de paz a un convulsionado y dividido país.

Capítulo 18
Océano Atlántico, mayo 1946

Sentado en la cubierta, con la mirada perdida en el horizonte en un día de mediados de mayo de mil novecientos cuarenta y seis, Alfred venía repasando la ruta que tendrían que hacer hasta llegar a Valparaíso. Hamburgo - Bremen - Ámsterdam - Amberes - Canal de Panamá - Buenaventura - Guayaquil - Callao - Arica - Antofagasta y Valparaíso. No conocía casi ninguno de estos nombres, pero sabía que estaban a bordo del barco que los llevaría a una nueva vida.

Mientras su esposa dormía en el camarote, Alfred, sostenía los dos pasaportes chilenos que tenía en su mano y en los cuales, él ahora se llamaba Alfredo Green y su señora Ana Singer en vez de Jana Ungar.

Aún muy flaco comenzó a recordar cómo habían llegado a ese barco con esos nombres y le fue imposible no derramar un par de lágrimas, pero al mismo tiempo pensar en lo milagroso que era que estuvieran juntos con vida.

Recordó, cómo desde la llegada de los alemanes a Czernowitz la situación era cada vez peor. En octubre de mil novecientos cuarenta y uno, el gobernador de Bucovina decretó la instalación de un gueto, muy cerca de donde ellos vivían. Increíblemente, luego se supo que

Antonescu había mandado un encargado, Stanescu, a estudiar el modelo del gueto de Varsovia para aprender de la experiencia polaca.

En tan solo pocas horas, aproximadamente cuarenta y cinco mil judíos fueron enviados a esa pequeña zona, en donde normalmente viven diez mil. Alfred y Jana tuvieron que abandonar su departamento y trasladarse al gueto y se ubicaron en un pequeño departamento junto a otras dos familias. En otro lado del gueto estaban la mamá y el hermano de Alfred y los padres de Jana.

Ahí comenzaron las deportaciones. El primer transporte salió el catorce de octubre y ese día era la fiesta judía de Sucot. La columna de más de cinco mil personas, entre ellos la madre de Alfred, Efraím su hermano, los padres de Jana y muchos rabinos, eran escoltados por guardias rumanos armados. Todos eran metidos a vagones como ganado. Alfred y Jana supieron tiempo después que los padres de Jana murieron en el trayecto y que la madre de Alfred murió de tifus. Efraím fue forzado a trabajar en condiciones inhumanas hasta recibir un disparo en la cabeza por parte de un guardia del campo en donde se encontraba.

Por suerte, sigue existiendo gente buena. El alcalde Czernowitz, consiguió que se agrandará el gueto y con eso Alfred y Jana lograron volver a su hogar. Si bien ahora lo compartían, seguía siendo su departamento y sus cosas o lo que quedaba de ellas. Les habían robado muchas cosas, pero igual ahora se sentían en su casa.

En esos días llegaban miles de judíos provenientes de Polonia tratando de escapar de los Nazis. La policía rumana tenía órdenes de disparar a todo judío que llegara de Polonia. Aun así, seguían llegando. El problema era cómo legalizar sus papeles sin que los mataran. Ahí es donde emergió la figura del cónsul de Chile en Bucarest, Samuel del Campo, quien envió un abogado rumano a Czernowitz y consiguió darles protección y un pasaporte chileno, con lo que pudo sacar a muchos de esta terrible situación. Esa fue la primera vez que Alfred escuchó hablar de Chile. Conoció a este abogado y le pidió ayuda. El abogado le dijo que no podía ayudar a ciudadanos rumanos, pero ante los ruegos de Alfred y el consentimiento de Sr. del Campo, les emitió un pasaporte con nombres falsos para que ellos vieran cómo y cuándo usarlos, pero que no podía llevarlos con los judíos polacos. Ahí fue cuando Alfred pasó a llamarse Alfredo y Jana, Ana. Alfred y Jana, escondieron los pasaportes debajo del piso de la cama de su pieza. Era un tablón de madera suelta, en donde también escondieron joyas y otras cosas de valor.

Alfred y Jana no lograban salir del gueto y estaban todo el día viendo cómo lograr escapar y así, quizás con suerte, utilizar su pasaporte chileno y escapar de esta pesadilla. Estaban en eso, mientras las deportaciones continuaban. Por alguna razón, a ellos aun no le había tocado, hasta que finalmente llegó el día. En mayo de mil novecientos cuarenta y dos, Alfred y Jana fueron arrastrados hasta la estación de trenes. Fueron de los últimos en ser deportados.

Ese día despertaron con los gritos de los soldados, mientras golpeaban fuertemente la puerta de su departamento. Les ordenaron salir y dirigirse a la calle, solamente con un equipaje en la mano. El caos en la calle era total. Se escuchaban bebés llorando y gente rezando *Shema Israel,* el rezo más importante para los judíos. Los llevaron hasta una vía férrea, y los subieron a un tren enormemente largo. Cada vagón era llenado hasta que no cabía nada más. Era imposible acomodarse en el tren. Alfred no soltaba a Jana de la mano. Era prácticamente imposible dormir, pero el cansancio iba aumentando y el hambre y la sed también. Comían y bebían lo mínimo para que no se les acabara lo que habían llevado. Además del hambre y el cansancio, un gran problema era el olor de los excrementos. Era casi imposible respirar.

Luego de poco más de un día, en esas condiciones, de repente el tren frenó, se escucharon gritos y se abrieron las puertas. La ráfaga de viento que entró fue como un regalo milagroso para todos. A la gente se le permitió bajar, hacer sus necesidades, votar los excrementos y los hicieron volver a los vagones. Solamente pensar el volver a subir daba un asco espantoso, pero no había otra posibilidad. Los guardias rumanos armados amenazaban a cualquiera que tratara de hacer otra cosa y empujaban a punta de rifle a todos para que subieran rápidamente.

Luego de andar por poco más de un día, los volvieron a bajar. Nadie sabía con claridad dónde se encontraban, pero todos habían escuchado que las deportaciones eran hacia Transnistria. Esta zona fue entregada a Rumania por Hitler por su lealtad y apoyo.

Luego de pocos minutos, les dijeron que debían comenzar a caminar. Que el que se quedaba atrás sería asesinado y que nadie podía parar a descansar. Si bien hacía frío, por ser mayo, tuvieron mucha suerte, ya que hacer esta marcha en los meses de invierno es casi imposible. En el camino encontraban, cada pocos pasos a cientos o miles de cuerpos de personas que habían sido asesinadas o que simplemente caían muertos de hambre o cansancio y se congelaban en el frío de esa zona. Alfred, llevaba de la mano a Jana a quien le decía constantemente que no podían dejar de caminar. Luego de caminar por muchas y largas horas, llegaron al pueblo de Mogilev y luego caminaron por tres días más, casi sin beber agua y comiendo cáscaras de papas, llegaron al pueblo de Shargorod, donde los metieron a un pequeño gueto.

El gueto era más que nada algunas casas, varios establos de vacas y cerdos y mucho bosque. El hambre era imposible de aguantar. En general no alimentaban a la gente, sino que los dejaban morir de hambre. Sobrevivir era un absoluto milagro. La gente se moría de tifus y de hambre. Para sobrevivir tenían que usar su ingenio y lo poco de valor que habían logrado llevar, para comprar comida o sobras de ésta a los residentes de la zona, que se aprovechaban de los judíos hambrientos.

Alfred y Jana tuvieron la suerte de encontrar lugar en una casa que aún estaba relativamente vacía y que acogió a otras dieciocho personas. Los hombres de esa casa se turnaban para ir al bosque a buscar comida o al pueblo cercano, arriesgando sus vidas para conseguir algo para comer. De todos los que estaban en la casa, solamente doce sobrevivieron, entre ellos Alfred y Jana, quienes, a pesar de pasar hambre y mucho frío durante años, lo lograron. Si uno pudiera describir Transnistria, esto era básicamente un basurero en donde fueron tirados los judíos de Bucovina para dejarlos morir, eso pensó Alfred.

Alfred recordó lo que era pasar los días de invierno, en donde la temperatura puede llegar a -35° y cómo a los hombres los hacían trabajar, ya sea cortando leña, construyendo caminos o puentes o cualquier cosa que el esfuerzo los pudiera matar.

De otros guetos los rumanos y alemanes seguían mandando a campos de exterminio o simplemente los hacían marchar hasta morir. Por suerte Shargorod fue casi olvidado y prácticamente los dejaron abandonados hasta que murieran.

La consigna era sobrevivir. Alfred no se quejaba y se preocupaba de mantener con vida a su señora. Ambos casi en los huesos tenían cada día menos fuerza, pero Alfred se encargaba siempre de darle ánimo, fortaleza y esperanza a Jana. Alfred, recordó cómo en esos años pudo ver lo peor de los seres humanos. Los alemanes y rumanos por un lado que los trataban como animales y por otro lado a las víctimas cómo estaban dispuestas a cualquier cosa por sobrevivir.

A principios del cuarenta y cuatro empezaron a ver que las tropas rumanas y alemanas eran cada vez menos, hasta casi desaparecer, para luego encontrarse con soldados soviéticos que estaba avanzando por la zona, liberando los guetos y campos de concentración.

El impacto de ver a los soldados rusos provocó en Alfred, la esperanza de ser liberados, pero al mismo tiempo el miedo de ser enviados a Siberia.

Por suerte los soviéticos fueron generosos y permitieron a los polacos y a los rumanos a volver a sus ciudades de origen.

Así fue como en septiembre de mil novecientos cuarenta y cuatro, Alfred y Jana volvían a Czernowitz. Llegaron a su departamento que estaba semi destruido pero vacío. La ciudad parecía una ciudad fantasma. Alfred corrió para ver si debajo de la cama aún estaban escondidas sus pertenencias de valor y los pasaportes. Increíblemente a pesar de que se habían robado todo, esto no lo habían encontrado y así fue como lograron recuperar joyas familiares y los pasaportes que les abría la esperanza de volver a empezar.

Al poco tiempo e igual que los pocos judíos sobrevivientes, cruzaron la frontera a Rumania a comienzos del año cuarenta y cinco. Estando en Bucarest, descartaron muchas veces ir a Israel, ya que ellos habían decidido que nunca más querían volver a vivir siendo señalados como judíos. Habían decidido comenzar de nuevo como Alfredo y Ana Green y así es como lograron con mucho esfuerzo llegar a Hamburgo y abordar la nave que los llevaría al desconocido Chile.

Alfredo, sentado mirando al mar, suspiró, pensando en que ello, de una vez por todo quedaba en su pasado. Que este viaje al otro lado del mundo les permitiría reconstruir sus vidas y quizás recuperar la fe en los seres humanos.

Ari Wurmann

Capítulo 19
Jerusalén, mayo 1992

Sentada frente al *Kotel,* el muro de los lamentos, Ana trataba de repasar lo que habían sido las últimas tres semanas, llenas de emociones. Este siete de mayo de mil novecientos noventa y dos, en Israel se celebraba Iom Haaztmaut, el día de la independencia de Israel. En este día muy especial Israel celebraba su cuadragésimo cuarto aniversario, pero también conmemoraba veinticinco años de la liberación de Jerusalén y eso fue muy destacado por Itzhak Shamir, el primer ministro de Israel en su discurso a la nación. Fuegos artificiales, bailes en las calles y mucha alegría era lo que se vivía en Israel, mientras Ana miraba todo con una emoción tremenda. Sentada mientras todos bailaban, comenzó a recordar todo lo vivido desde el veinte de abril cuando salieron de Chile. Unos días antes de eso, habían celebrado Pesaj, la pascua judía, en su casa con toda la familia y ese día comenzaron un viaje que creía ella les cambiaría la vida, tanto por su impacto emocional como por lo compartido.

El mismo día que partieron el viaje, en Sevilla se inauguraba la Exposición Universal, en donde Chile estuvo representado por un pabellón en donde el principal atractivo era un iceberg traído especialmente desde la antártica.

El viaje, en donde estaban las familias de las tres hermanas, con la salvedad de Sebastián que estaba con su padre en Estados Unidos, comenzó visitando Chernivitzi, ex Czernowitz, en Ucrania. El simple hecho de llegar a la ciudad en donde había nacido y había vivido tantas cosas, hizo que Ana se largara a llorar. Cada día que pasaron en la ciudad fue un cúmulo de emociones, tanto para ella como para el resto de la familia. Recorrieron cada sitio de la ciudad. El barrio donde vivían los judíos, el departamento donde vivían con Alfredo, la plaza, el lugar donde estaba la sinagoga, cuyas ruinas fueron convertidas en un cine en mil novecientos cincuenta y nueve.

Fueron también al cementerio a visitar la tumba del padre de Alfredo y en cada lugar Ana les contaba muchas historias. La verdad es que aun la ciudad se veía majestuosa. Se notaba el paso de los años y sobre todo el yugo del comunismo, pero aun existían vestigios de de una ciudad que había vivido en un gran esplendor bajo el Imperio Austrohúngaro.

Visitaron la universidad y todos se maravillaron de lo bien cuidado de sus jardines. La arquitectura de la ciudad con sus edificios clásicos y sus calles de adoquines le daban aún a la ciudad un brillo muy especial. Para Ana esos días fueron una mezcla de sensaciones al recordar su infancia, sus padres, amigos, colegio y luego recordar la parte oscura de lo vivido en el gueto y luego la deportación. Pero el simple factor de estar ahí de vuelta, luego de casi cincuenta años, con sus descendientes, le daban una sensación de triunfo. Algo así como, a pesar de todo, aquí estamos. También fueron a visitar la única sinagoga de la ciudad. Ana, pensó lo increíble que era que una ciudad en que en algún momento más de un tercio de esta fueran judíos, ahora tuviera apenas un poco más de mil.

Luego de los días en Chernivitzi, la familia viajó a Varsovia para ser parte de la Marcha por la Vida. Este es un viaje, en donde se reúnen personas de todo el mundo, para primero visitar Varsovia y su gueto, y luego ir a varios campos de concentración, conmemorar Iom Hashoá, el día del holocausto allá y al final terminar en Israel celebrando la independencia todos juntos.

Visitar estos lugares todos juntos, fue realmente increíble. A la familia le sirvió mucho para conocer su pasado y a varios acercarse más a la sensación de ser judíos y pertenecer a un pueblo con una gran mochila histórica. Compartir con miles de judíos de todas partes del mundo, llorar juntos y compartir esas emociones con desconocidos fue muy impactante. Sin duda alguna la visita a Auschwitz fue indescriptible. El ambiente de solemnidad y de silencio que se siente marcó a Ana, pero sin duda a todos. El ver en donde el ser humano cayó a uno de los puntos más bajos de la historia y en donde millones de personas fueron asesinadas y cremadas. Todo el grupo, de miles de personas, luego caminan los tres punto dos kilómetros hasta Birkenau, para luego hacer una ceremonia de conmemoración y recuerdo a las víctimas en que todo el mundo llora de principio a fin. El gran mensaje de la marcha es que los judíos aún están vivos, pero que no deben olvidar a las personas que murieron, para que esto no suceda nunca jamás.

Luego de estos días en Europa, el viaje continuó a Israel. Para todos los de la familia era la primera vez en tierra santa. Conocer Israel fue increíblemente emocionante para todos. Visitar la moderna Tel Aviv, el Mar Muerto, pero sobre todo Jerusalén hizo que todos se enamoraran de este país. La sensación de pertenencia que varios de la familia sintieron fue absolutamente única y lo conversaron varias veces esos días.

El Muro de los Lamentos, en donde todos rezaron y en donde Alejandro se puso tefilín por primera vez en su vida, mientras su abuela y madre lloraban como niñas chicas. Ese lugar sagrado en donde Ana miraba ahora sentada, con emoción como sus nietos usaban una kipá, cuestión que ella pensó que nunca vería en su vida le daban una sensación de felicidad absoluta. Pensó en lo emocionado que estaría su Alfredo al ver a su familia en la tierra soñada y a la cual ellos no fueron nunca juntos, principalmente por miedo a cambiar la decisión de ocultar su judaísmo. En eso estaba cuando se le acercó, su nieta Sofía y le dijo que había conversado con sus padres y que ella había decidido continuar sus estudios de medicina en Israel. Que sentía que pertenecía a ese lugar y que, si bien le daba pena irse de Chile, ya había ido a la Universidad Hebrea y que tenía todo listo para continuar ahí. Que estudiaría en un programa en inglés pero que aprendería hebreo para luego poder estudiar también en ese idioma. Ana la miró, lloró y la abrazó.

Capítulo 20
Santiago de Chile, junio 1962

La emoción que se sentía en Santiago, ese diecisiete de junio de mil novecientos sesenta y dos por la gran final de la Copa Mundial de Fútbol, que estaba por comenzar era algo único. Ese día jugaban Brasil contra Checoslovaquia que había derrotado a Chile y Yugoslavia en las semifinales respectivamente. Además, Chile era una fiesta con el Tercer lugar obtenido el día anterior al derrotar a Yugoslavia por uno a cero con un gol de Eladio Rojas en el último minuto.

Alfredo estaba sentado ese día en el estadio Nacional de Chile junto a su gran amigo Jorge Brown, esperando que comenzara el partido.

Alfredo conoció a Jorge poco después de llegar a Talca el año cuarenta y seis. Al llegar a Talca, Alfredo y Ana, se instalaron en una pequeña casa que arrendaron con dinero que lograron al vender parte de las joyas traídas desde Europa. Lo más difícil al comienzo fue el idioma, pero como ambos hablaban rumano que es un idioma de raíces latinas, no les fue tan complicado como esperaban. A las pocas semanas, Alfredo decidió que ya era tiempo de conseguir trabajo y como tenía una gran experiencia como maestro en sastrería se acercó a una de las tiendas de ropa de hombre del centro de Talca cuyo dueño era

Jorge Brown. Sastrería Brown era una tienda muy conocida en el centro de Talca que se dedicaba a atender a la clase alta de la ciudad, haciéndoles trajes a la medida. Al entrar a la tienda, Alfredo vio como si bien la ropa era de buena calidad, el corte de los trajes se podía hacer mucho mejor e incluso se podría ahorrar algo de tela en el proceso. También vio que se usaba poca variedad de tela, por lo que decidió comentárselo al dueño y ofrecerle un trato. El trato era que Don Jorge le pasara tela y que él le haría un traje a su medida. Si él quedaba contento con esto y Alfredo era capaz además de demostrarle que ahorraba en tela, este lo contrataría y compartirían las ganancias por sobre las actuales. Así fue como comenzaron a trabajar juntos y de inmediato fue un éxito. La calidad de las prendas manufacturadas por Alfredo fueron un suceso en Talca y pronto comenzaron a llegar pedidos de Santiago. Además, luego de un tiempo, mientras el negocio crecía, Alfredo y Jorge se hicieron íntimos amigos, además de socios en partes iguales. Sastrería Brown pasó a ser, de un local en el centro de Talca a una fábrica en las afueras adonde fabricaban ropa para todo Chile y una gran tienda en el centro de Talca.

Pasaron los años y nacieron las tres hijas de Alfredo y Ana. Andrea el año cuarenta y siete, Marcela el cuarenta y nueve y Carla el cincuenta y dos. Para Alfredo cada nacimiento fue un milagro y por otro lado una tranquilidad al ver que eran niñas. Por un lado, no tenía que lidiar con el tema de la circuncisión, que se lo harían en el caso de ser niño, pero también sabía que, al ser mujeres, sus nietos igual serían judíos, según la ley judía, en el caso que algún día decidieran contarles la verdad.

En todos esos años, Alfredo nunca mencionó a Jorge ni a nadie que eran judíos. Igual, Alfredo y Ana ayunaban en secreto en Iom Kipur, y hacían una comida para Pesaj o Rosh Hashana, pero sin hacer ningún rezo y sin darle un carácter religioso al evento en cuestión y sin mencionar el nombre de la fiesta. Todo era en secreto.

En el año cincuenta y ocho, los Green y los Brown deciden irse a vivir a Santiago y montan una gran fábrica ubicada en la calle Víctor Manuel en el sector de Vicuña Mackenna. Esta era una de las fábricas más modernas de Chile en esos momentos y las ventas iban mejor que lo planificado.

Las hijas de Alfredo y Ana entraron al Santiago College y ellos vivían muy cerca de ahí. Ese mismo año, se crea la cédula nacional de identidad y a los pocos días de llegar es elegido presidente Jorge Alessandri.

En mil novecientos sesenta se produce el gran terremoto de Valdivia, con una magnitud de nueve punto cinco. Si bien el epicentro fue en Valdivia, la zona afectada fue desde Talca hasta Chiloé, dejando inservible la fábrica que aún funcionaba en Talca. Esto hizo que finalmente movieran toda la producción a Santiago.

La verdad es que todo iba mucho mejor que lo que alguna vez soñaron Alfredo y Ana. Económicamente les iba muy bien. Tenían mucha vida social y se codeaban de igual a igual con la clase alta de Santiago. Las tres hijas crecían sanas y felices.

El día quince de mayo de mil novecientos sesenta y dos, el mismo día que se inauguró el reloj de flores de Viña del Mar, Jorge y Alfredo firmaron la venta de su empresa a uno de sus competidores en un monto que no pudieron rechazar. Ese día, en la casa de Jorge, brindaron por el gran éxito y por los años de amistad.

Ahora sentados en el Estadio Nacional ambos pensaban en qué nueva aventura empresarial se embarcarían, mientras Brasil goleaba a Checoslovaquia proclamándose campeón del mundo.

Capítulo 21
Santiago de Chile, septiembre 1994

El nueve de septiembre de mil novecientos noventa y cuatro no era un día cualquiera para Marcela en su vida como publicista, pero tampoco para Chile como país en vías de desarrollo. Este día era la inauguración de la Torre de la Industria, siendo esta la estructura más alta del país. Esta torre fue diseñada por los conocidos arquitectos Abraham Senerman, José Cruz y Juan Echeñique. La altura de esta es de ciento veinte metros y treinta y tres pisos.

Marcela, en los últimos años había ganado mucha importancia como publicista y estaba a cargo de todo el evento. Este contaba con la presencia del presidente de la república, Eduardo Frei, quien había asumido en marzo pasado y su importancia radicaba en que esta inauguración era un mensaje claro del camino rápido y sostenido que Chile llevaba hacia el desarrollo.

Marcela ya había hablado a primera hora con su hija Sofía, quien llevaba más de dos años viviendo en Israel y estaba muy feliz. Hablaba hebreo de forma fluida y había aprendido mucho de judaísmo. Esa mañana Sofía, le había contado a su madre que el sábado pasado por primera vez había respetado Shabat, el sábado en hebreo, según manda la Torá y estaba fascinada con la experiencia. Además, cómo había pasado Rosh Hashana con una familia religiosa y que fue increíble. Le contó que el vivir esas fiestas entendiendo su significado e importancia era una experiencia completamente distinta. Además, hace más de un año que solo comía kosher y en general su grupo de amigos eran jóvenes judíos observantes.

Marcela estaba muy contenta de lo feliz que estaban sus dos hijos, ya que Alejandro su hijo menor, estaba estudiando Ingeniería en la Universidad de Chile y además era presidente de la Federación de Estudiantes Judíos de la universidad. Alejandro se había convertido en todo un activista, luego del viaje a Israel y a los campos de concentración. Por su parte su marido Hernán, estaba bastante contento con lo feliz que se veían sus hijos por lo que no le complicaba para nada esta nueva realidad familiar.

En el camino a la inauguración Marcela, habló con su hermana Andrea. La verdad es que no lo había pasado nada de bien los últimos años desde su separación con Juan Eduardo, pero por sobre todo por su lejanía con Ricardo su hijo, quien no venía a Chile desde hace años y apenas hablaba con su madre. Si bien Paula, su otra hija, había sido un soporte, todo el proceso había sido duro. Andrea le contó que estaba saliendo con Daniel Fishman, quien era judío y un importante empresario y a quien había conocido en una exposición de sus pinturas. Andrea, desde su separación y en particular desde la vuelta de la Marcha por la Vida, se había dedicado a pintar mucho y hoy era una reconocida artista. Su pintura era más que nada de rostros y su cuadro más apreciado era un retrato que había hecho de su madre, el cual fue aplaudido por la crítica. Andrea, le contó que su novio fuera judío era una casualidad, pero que no dejaba de creer que había algo superior que estaba haciendo que una buena parte de la familia hora estuviera más cerca del judaísmo o de los judíos.

Paula, su hija, nunca entendió el por qué tanto alboroto con ser judíos o no y había decidido que ella no creía en Dios y que, si bien entendía que ahora era parte de un pueblo, para ella eso no significaba nada de nada, ni a favor ni en contra. Que estaba feliz por sus primos pero que para ella esto no significaba nada.

Carla, la menor, de las tres, las había invitado a comer esa noche a Shabat a su casa, lo que ya era casi una costumbre para compartir juntos junto a su madre.

Habían celebrado también Rosh Hashana, todos juntos, pero en casa de Ana, hace solamente un par de días. La casa de Carla era ahora otra. Ignacio su marido llevaba ya casi dos años estudiando con un rabino ortodoxo de una sinagoga de Providencia y estaba en proceso de conversión al judaísmo.

Luego del viaje a Israel, del Bar Mitzva de Ricardo y de estudiar mucho, Ignacio conversó seriamente con su mujer y le dijo que quería convertirse, pero siempre y cuando esto significaba que los dos estaban dispuestos a cambiar. Carla, quien ya estudiaba con Rab Zalman, estaba feliz y ya tenían la casa Kosher y respetaban mucho las festividades y Shabat. Ricardo se había cambiado al Instituto Hebreo el año anterior y además jugaba fútbol por el Estadio Israelita, pero solamente jugaba los partidos los domingos ya que el sábado iba a la sinagoga y compartía con su familia. Se habían cambiado a una casa en la calle Los Nogales, en Providencia, la cual les permitía caminar a la sinagoga en las festividades religiosas y en Shabat.

Cuando Ricardo entró al Hebreo encontró una placa en uno de los salones del colegio que decía que era en honor a todos los judíos de Czernowitz, en especial a la familia Grien y Ungar. Su abuela le contó que lo había donado su abuelo en forma anónima a través de un banco, pidiendo que pusieran esa placa en recuerdo de sus familias, pero que nunca conoció el colegio por no querer mostrarse como judío. Así fue como Ricardo llevó a su abuela a ver la placa y conocer el colegio el cual había ayudado a financiar su abuelo.

Ana por su parte tenía una activa vida social y disfrutaba mucho de su familia y de todos los cambios que estaba viviendo. Siempre pensaba en Alfredo y como él estaría de contento con ver a sus hijas y nietos.

Capítulo 22
Santiago de Chile, septiembre 1973

Sentado en su casa de Pirque, Alfredo escuchaba la radio atentamente, esa mañana del once de septiembre de mil novecientos setenta y tres.

La mezcla se sentimientos que tenía Alfredo eran increíbles. Tenía clarísimo que los últimos tres años habían sido un espanto para el país, pero su experiencia en el pasado, cuando era joven en Europa, con los militares era terrorífica, por lo que no estaba para nada fascinado con la idea de un golpe de estado. Sabía perfectamente que el país no aguantaba más la situación actual, pero a él le hubiese gustado más una salida democrática a esta situación. A pesar de que él sabía que quizás su romanticismo con la democracia lo hacía ser un poco ingenuo.

Alfredo era muy cercano a muchos líderes Demócratas Cristianos y sabía muy bien todo lo que estaba pasando. Sabía cómo muchos de ellos apoyaban una acción militar como única solución para poner término al gobierno de la Unidad Popular.

Es más, Patricio Aylwin había dicho al Washington Post, apenas unas semanas atrás que, si le dieran a elegir entre una dictadura marxista y una dictadura de nuestros militares, él elegiría la segunda y eso estaba comenzando a suceder.

Tal como había escuchado a sus amigos democratacristianos en varias reuniones, ellos sostenían que el gobierno de Allende se había agotado, siendo un fracaso la 'vía chilena hacia el socialismo', y que Allende se aprestaba a consumar un autogolpe para instaurar por la fuerza la dictadura comunista. Estaba claro que ellos habían apoyado la idea del Golpe y eso estaba sucediendo.

Alfredo sabía que había tenido mucha suerte. Luego de la venta de la empresa el año sesenta y dos, él y su socio Jorge, siguieron trabajando en la misma por casi tres años más. Luego de eso, Alfredo se dedicó al rubro inmobiliario y al campo. Compró una gran parcela en Pirque en donde cosechaba distintos tipos de frutas y él se dedicaba mucho a eso, pero vivía de las buenas decisiones de las inversiones inmobiliarias. Los años de la Unidad Popular si bien fueron duros, él tenía muy buenas espaldas y además cuando vió como se venía la mano, invirtió mucho fuera de Chile, por lo que no pasó mayores zozobras económicas.

Muy distinto fue lo vivido por su socio Jorge Brown, quien luego de salir de la empresa, montó una empresa de ropa interior, en la cual Alfredo no quiso participar. Esta empresa, la cual era muy exitosa, fue un día intervenida por el estado. En esos días, las intervenciones, tomas, requisiciones de industrias por los motivos más ridículos eran pan de cada día. Habían sido intervenidas, Sindelen, Mademsa, Fensa, Cimet, aluminios Fantuzzi, Ronitex y muchas otras. En casi todas las empresas se seguía el mismo procedimiento. Primero dificultades con el sindicato, pliegos arbitrarios, problemas con los precios, paros, acusaciones de delitos tributarios o problemas con la brigada de cheques y finalmente nombramiento de interventores que no sabían nada y terminaban con las empresas en el suelo. A Jorge lo acusaron de algún problema tributario y le intervinieron la empresa un día de la nada. Jorge de puro miedo, consiguió a través de un favor, salir del país y se fue a vivir a Costa Rica con su familia, dejando atrás gran parte sino todo su patrimonio.

La crisis económica de esos años en el país era total. En el primer año del gobierno, los salarios de los trabajadores subieron más de un veinte por ciento. Pero esa ilusión artificial acabó siendo devorada por una inflación creciente que a la larga llevó al país a una gran recesión. Además, el nuevo poder de compra de los trabajadores trajo consigo un exceso de demanda, lo que provocó una gran escasez de casi todo. Si eso se acompaña al control de los precios, la creación de mercados negros hacía que todo fuera casi imposible de conseguir.

Por alguna razón los Green no tuvieron problemas con el campo ni tampoco en lo económico. Además, el año sesenta y nueve vivieron la emoción del matrimonio de Marcela, quien apenas con veinte años se casó para irse con su futuro marido a vivir a Boston, en donde él hacía un MBA. Fue un matrimonio muy bonito en la casona de Pirque, sólo por el civil. Algo no muy grande, pero que los llenó de emoción a Alfredo y Ana.

Luego se casó Andrea con Juan Eduardo, el setenta, y ese fue más complejo. La familia de Juan Eduardo quería que se casaran por la Iglesia, cosa que espantaba a Alfredo y Ana, pero también a Andrea. Terminaron regalando toda la fiesta con tal de que se casaran solamente por el Civil. Andrea y Juan Eduardo prácticamente no perdieron el tiempo y a los diez meses nació su primer hijo, Sebastián, quien era el primer nieto de los Green. La emoción fue enorme, pero también la presión que ejerció Alfredo para que circuncidaran al niño. Claramente nunca habló de Brit ni de nada judío, pero si dijo que en Europa su familia y por un tema de higiene, siempre se circuncidó y convenció a todas las hijas que cuando tuvieran niños se lo hicieran. Esto lo hacía básicamente porque sabía que, si bien esto no era válido como Brit judío, si por alguna razón ellos decidían en un futuro ser judíos, todo era más simple.

Sofía por su parte nació en Boston, el año setenta y dos, mientras su padre terminaba el MBA y buscaba trabajo para quedarse un par de años más en Estados Unidos, ya que claramente la situación en Chile no era muy buena.

En medio del difícil momento que vivía el país, una de las pocas alegrías que recibía la gente y en especial Alfredo, era ver los logros del Colo-Colo del Zorro Alamos, en donde jugaban Chamaco y Caszely. Este equipo logró muchas cosas, entre ellas el primer triunfo de un equipo chileno en Brasil, cuando derrotó a Botafogo en el mismísimo Maracaná. También fue el primer equipo chileno en llegar a la final de la Copa Libertadores, estando a punto de ganarla, sino fuera por un gol mal anulado al "Chino" Caszely, partido que vio Alfredo en el Estadio y el cual casi le da un ataque cardíaco de los nervios. Luego en un partido de definición, Independiente de Avellaneda salió campeón, dejando a Colo- Colo y a un todo el país con las ganas de lograr el sueño continental.

Ese día once de septiembre terminó con la noticia del suicidio del presidente Allende y con la incertidumbre de qué pasaría ahora que comenzaba el control de un gobierno militar bajo el mando del General Pinochet. Nadie sabía lo que vendría.

Ari Wurmann

Capítulo 23
Santiago de Chile, octubre 1996

Nada ni nadie podía prever la tragedia que estaba viviendo la familia ese fatídico dos de octubre de mil novecientos noventa y seis.

Los últimos años en general habían sido de muchos cambios, es verdad, pero en general la familia estaba feliz y creciendo.

Sofía se había casado en marzo de ese mismo año en Israel en una ceremonia ortodoxa en un salón al frente del muro de los lamentos. Fueron todos los primos de la familia, con la excepción de su primo Sebastián, además de su tía Andrea con su novio y su tía Carla con Ignacio, quien ahora pedía que lo llamaran David.

En octubre del noventa y cinco y luego de varios años estudiando, Ignacio se convirtió al judaísmo en Israel y al día siguiente se casó por la Jupa, costumbre judía, con su amada esposa Carla. Esto lo hicieron en una ceremonia muy pequeña, a la cual asistieron su hijo Ricardo y Ana, la matriarca de la familia.

Luego y para seguir con las celebraciones, en junio del noventa y seis, se casó en Boston, Sebastián, con su novia Mary Ann Wheeler. La ceremonia fue en una iglesia en el centro de Boston, con fotos en el parque y una gran recepción en los salones del Ritz Carlton al frente de Boston Common.

Para Ana fue muy duro ver a un nieto casarse por la iglesia, pero entendía que era ella la responsable junto a Alfredo por haber guardado por tanto tiempo el secreto. Andrea fue con su novio y las tías con sus maridos. El resto de los primos fueron todos con la excepción de Sofía, quien no pudo viajar desde Israel.

Para la familia en general fue muy extraño el matrimonio. Primero por el tema de la iglesia, ya que nadie en la familia se había casado por otra religión. Segundo ya que como muchos se estaban acercando al judaísmo, esto lo hacía aún más extraño. Y tercero porque como los Wheelers son de la clase alta de Boston y muy cercanos a los Kennedy, todo fue muy ostentoso y con muchísima gente invitada. Uno podía decir que estaba toda la alcurnia de Boston en el matrimonio. Seguramente había más de setecientas personas invitadas y mucho lujo. Sebastián estaba feliz y Mary Ann se veía radiante. Para Andrea, quien no tenía mucha relación con su hijo, fue todo raro y medio triste. Sebastián trató de hacerla sentir cómoda, pero la verdad es que su relación era muy distante y tirante y en la fiesta se sentía fuera de lugar entre tanta gente "linda".

Pero, en fin, claro está que habían sido años de emociones y celebraciones para la familia. Para Ana la familia había crecido, tenía nietos casados y uno viviendo en Boston y otra en Israel quien ya estaba esperando a su primer hijo.

Pero llegó la noticia que remeció a la familia y en especial a Andrea. El vuelo seiscientos tres de Aeroperú con destino a Santiago se había estrellado en el océano pacífico. Paula, su hija, venía en ese vuelo junto a su novio. Andrea iba manejando cuando escucho en la radio la noticia y se le paró el corazón. Todo se vino abajo y tuvo que detenerse inmediatamente ya que no sabía qué hacer. No paraba de llorar, temiendo lo peor. Inmediatamente llamó a Daniel para contarle y que la ayudara a conseguir información.

Ana, Marcela, Carla y sus maridos se fueron a la casa de Andrea. Carla rezaba tehilim, salmos, y Ana trataba de consolar a su hija. Marcela quien tenía muchos conocidos en el gobierno llamaba para ver si podían conseguir información.

Hasta que llegó el llamado maldito. Ese que no querían escuchar. Ese que confirmaba que Paula venía en el avión y ella junto a otros sesenta y nueve pasajeros, treinta de los cuales chilenos, habían fallecido.

Andrea se desplomó en el instante. No dejaba de gritar, llorar y maldecir. Estaba completamente descontrolada. El dolor, la rabia, la impotencia eran mucho para ella. Llamaron a un doctor para que le diera un calmante.

Ana tomó el teléfono y llamó a su exyerno, Juan Eduardo para contarle la terrible noticia. Juan Eduardo quien aún vivía en Estados Unidos también se destrozó inmediatamente y les dijo que viajaba esta misma noche a Santiago.

Los primos fueron llegando también y todos estaban muy mal. Nadie sabía ni qué decir ni qué hacer. Era un dolor que superaba lo imaginable.

Ana, quien había vivido el horror de la guerra, la muerte de su querido Alfredo y muchas cosas terribles, no podía explicar el dolor que sentía. Después de tantas alegrías en el último tiempo, de alguna forma u otra, Dios o algo se encargaba de recordarnos que la vida es una montaña rusa que sube y baja y que nos hace pasar de las alegrías más intensas a las penas más terribles.

Capítulo 24
Santiago de Chile, junio 1982

Sentado frente al televisor, Alfredo no podía creer como Carlos Humberto Caszely, figura e ídolo nacional, perdía un penal frente a Austria, en su debut en el Mundial de España ochenta y dos, esa tarde del diecisiete de junio de ese año. El partido iba uno a cero a favor de los austriacos, con un gol marcado por Walter Schachner en el minuto veintiuno.

Alfredo no pudo sino pensar en que esto era parte de todo lo vivido en los últimos años en el país. Desde el once de septiembre del setenta y tres, la vida en Chile era como una montaña rusa. Había cosas muy positivas y otras muy o quizás demasiado negativas.

El año siguiente al golpe, Jorge Brown había vuelto a Chile y se encontró con su empresa prácticamente destruida. Quizás por el cariño, pero también por las ganas de volver a trabajar juntos, Alfredo le ofreció asociarse y así comenzaron el arduo trabajo de reconstrucción y formación de una nueva empresa de ropa interior, la que con los años se convertiría en una de las más grandes del país.

Por otro lado, Alfredo, por su cercanía con la gente de la Democracia Cristiana, escuchaba muchas cosas que le preocupaban del régimen militar. Las persecuciones, encarcelamientos e información de detenidos desaparecidos, hacía que para Alfredo esto fuera muy similar a lo vivido en Europa tantos años antes. La suerte era, para él, que esta vez no le tocaba en lo personal, pero claramente no podía estar de acuerdo con lo que sucedía.

Entre el año setenta y tres y setenta y ocho, el general Pinochet consolida su poder por sobre los demás miembros de la Junta Militar, asumiendo el cargo de Presidente de la República, conservando el cargo de Comandante en Jefe del Ejército de Chile. A su vez, la Junta Militar reemplaza al Congreso en el ejercicio de la función legislativa.

Para peor, estos años se caracterizaron por una fuerte represión política a manos de la Dirección de Inteligencia Nacional, derivando en abusos y atropellos a los Derechos Humanos, deteniendo a miles de ciudadanos, allanando hogares, torturando, asesinando y haciendo desaparecer a personas, en general, cercanas a la Unidad Popular. Además, muchas personas fueron exiliadas o huyeron al exilio por miedo.

Por otra parte, la implementación de la política económica de los llamados "Chicago Boys", frena la inflación y da un importante impulso a las exportaciones, pero también a las importaciones.

El año setenta y ocho fue sumamente complejo primero por el asesinato de Orlando Letelier y luego por la polémica salida del general Leigh de las Junta Militar, reemplazado por el general Matthei.

Luego el año ochenta, a través de un plebiscito que no contaba con las garantías necesaria para su legitimidad, se aprueba la Constitución Política del Ochenta, la cual comienza a regir en marzo del ochenta y uno y el general Pinochet asume su mandato presidencial de ocho años.

En estos años, la empresa de Alfredo y Jorge seguía creciendo, gracias a las positivas cifras económicas, la expansión del crédito y a la incorporación de productos importados. Tanto Alfredo como Jorge viajaron varias veces a China y Corea del Sur e incorporaron varias líneas de productos nuevos, todos importados, con mucho éxito. Además, en esos viajes, Alfredo aprovechaba a visitar a algunos amigos que se habían autoexiliados en España.

El año ochenta y dos comenzó con la noticia del fallecimiento del Expresidente Eduardo Frei Montalva, mientras era intervenido quirúrgicamente en la Clínica Santa María. Esto fue un golpe duro para el país, además de más genuinas dudas sobre un posible magnicidio en contra del expresidente. La familia desde el primer día y todos los amigos democratacristianos de Alfredo sostenían que había sido asesinado, lo cual a Alfredo le hacía sentido, por haberse convertido en una gran piedra en el zapato para el gobierno militar.

Además, ese mismo año, comenzó la peor crisis económica en el país desde los años treinta. El aumento del precio del petróleo, la caída de las exportaciones y la quiebra masiva de varias empresas y bancos, crean una debacle económica. El desempleo alcanzó más del veintitrés por ciento y el gobierno decidió devaluar el peso e intervenir varios bancos y licitar empresas públicas como Chilectra y la Compañía de Teléfonos.

Esto trajo consigo un fuerte malestar popular, lo que provoca una ola de manifestaciones y protestas contra la dictadura militar. Hubo manifestaciones, huelgas, marchas callejeras, barricadas, enfrentamiento con la policía y cacerolazos en los barrios de las clases medias.

Por suerte para Alfredo, todo esto los encontró en un muy buen momento de la empresa y si bien se vieron afectados, teniendo que despedir a gente, no pasaron grandes zozobras. Incluso Alfredo, como tenía capital, aprovechó a comprar otras empresas e incluso entrar como socio a un banco.

En todo esto estaba pensando mientras escuchó el pitazo del árbitro Juan Daniel Cardellino, que ponía fin al partido y decretaba el triunfo por uno a cero de Austria sobre Chile, con el penal perdido por Caszely.

Capítulo 25
Santiago de Chile, octubre 1998

Eran los nueve de la noche del dieciséis de octubre de mil novecientos noventa y ocho y Ana estaba sentada frente al televisor viendo las noticias. El gran golpe noticioso del día era la detención del general Pinochet en Londres por crímenes contra la humanidad.

El impacto en Chile era impresionante. Obviamente había partidarios del gobierno militar que hablaban de que esto era un golpe contra la soberanía del país, mientras muchos otros, pensaban que esto por fin podría traer justicia a todas las víctimas de la dictadura militar.

La verdad es que a Ana le daba un poco lo mismo. Desde el día del accidente aéreo en que falleció su nieta Paula, su vida cambió rotundamente. Si bien seguía siendo la matriarca de la familia, ya no tenía una agenda social tan activa y con apenas setenta y ocho años, ya no tenía la vitalidad de antes.

Todos en la familia sabían que la muerte de Paula la había afectado y muchísimo. Salía poco de la casa y pasaba el día viendo tele o leyendo. Sus actividades diarias dependían de las visitas de sus hijas o nietos y de alguna invitación a comer a una de sus casas.

Quizás, el único momento de gran alegría que tuvo Ana desde el accidente, fue el nacimiento de su primer bisnieto, a quien le pusieron Abraham, en honor a Alfredo, ya que este era su nombre en hebreo. Fue una emoción muy grande para ella al ver que su familia seguía creciendo y más aún al saber que su primer bisnieto recibía el nombre de su querido Alfredo en una ceremonia de circuncisión religiosa, Brit Milah, llevada a cabo en Jerusalén.

Por su parte Andrea, estaba un poco más recuperada y trataba de rehacer su vida. Recién hace un par de meses habían vuelto a pintar, pero se notaba mucha tristeza en sus cuadros nuevos. El rol de su novio Daniel había sido fundamental para poder salir adelante. Además, luego del accidente, pasó un tiempo en Estados Unidos con su hijo y nuera y sirvió mucho para volver a tener una relación cercana con Sebastián, lo cual la tenía muy contenta.

Por el lado de Carla, la principal novedad era que Ricardo, al terminar el colegio en diciembre del noventa y siete había decidido irse a estudiar a una Yeshiva en Israel y que se encontraba sumamente feliz estudiando todo el día en la Yeshiva Latina de Aish a Torá en Jerusalén.

La Yeshiva estaba situada justo al frente del Kotel, el muro de los lamentos, y habían recién construido un maravilloso nuevo edificio, que era un lujo. En esa aventura Ricardo, quien en hebreo se llamaba, Daniel, estudiaba con excelentes rabinos y trabajaba en las tardes en lo que pudiera, para tener algo de dinero. Llevaba casi once meses en Israel y estaba completamente feliz. Tanto

Carla como su marido estaban felices con que su hijo estuviera disfrutando.

Alejandro por otro lado se había ido a vivir por trabajo a Estados Unidos a principios de año y tuvo la fortuna de poder estar en Key Biscayne el día veintinueve de marzo cuando el Chino, Marcelo Ríos le ganó a André Agassi la final del abierto de Miami, 7-5-6-3 y 6-4 convirtiéndose en el primer latinoamericano y chileno en ser número uno del mundo. Para el país fue una fiesta. Gente salió a celebrar a las calles y el Chino fue recibido como héroe nacional, incluso visitando la Moneda y saliendo al balcón a saludar a todo el mundo como un verdadero "rock star".

Marcela estaba convertida en una de las publicistas más valoradas del país. Con sus dos hijos viviendo fuera de Chile, ella estaba muy enfocada en su trabajo.

El año noventa y siente estuvo a cargo de la inauguración de la línea cinco del metro, el noventa y ocho, ayudó a organizar la segunda cumbre las Américas que se organizó en abril en Santiago, siendo éstos, dos de sus grandes éxitos.

La noticia de la detención de Pinochet en Londres acaparaba toda la atención de los noticiarios y seguramente sería el gran tema de discusión de los próximos meses en nuestro país, pensó Ana antes de apagar la tele para irse a dormir.

Ari Wurmann

Capítulo 26
Santiago de Chile, noviembre 1989

Aún no había sonado el despertador cuando Marcela, se despertó con el sonido del teléfono y se asustó. Su mamá al otro lado de la línea gritaba desesperada diciendo que Alfredo se había caído mientras se duchaba y que no reaccionaba y que no sabía qué hacer. Marcela casi por instinto se levantó de la casa y le dijo a su madre que llamara a la Unidad Coronaria Móvil y que ella se iba inmediatamente para allá.

Mientras se vestía rápidamente, Hernán, su marido telefoneaba a Carla y Andrea para que también fueran a ver qué pasaba y ver cómo podían ayudar a sus padres.

Era un mañana agradable, ese dieciocho de noviembre de mil novecientos ochenta y nueve, y Alfredo se preparaba para ir a la oficina como todos los días. Los últimos días no se había sentido muy bien a causa de una diabetes que lo tenía medio complicado.

Justo la noche anterior habían estado conversando con Ana, que como estaban planificando un viaje solos con sus tres hijas, ese era el instante preciso para contarles la verdad sobre su pasado y en especial sobre su judaísmo. Alfredo sabía que no era un tema tan simple, pero también sabía que ya era hora de contar la verdad. El también por su lado, quería vivir los últimos años de su vida sin esconder más esta realidad. Quería contarles a sus hijas y nietos el porqué de tantas cosas que ellos no entendían. Además, con el fallecimiento repentino de Jorge, de un ataque cardiaco, Alfredo sintió que el tiempo no se puede comprar y que había que hacerlo mientras uno pudiera.

Los últimos años en Chile habían sido bien complejos, pero ellos no se podían quejar, ya que su empresa era todo un éxito. Ellos se adecuaron tempranamente a esta nueva economía abierta y casi ya no fabricaban en Chile. Más que nada importaban desde el Oriente y eso hizo que fueran muy competitivos.

Pero el país había estado muy convulsionado. Muchas marchas y protestas contra la dictadura habían generado una gran represión, agudizando el conflicto y la violencia. El Frente Patriótico Manuel Rodríguez, brazo armado del Partido Comunista, efectúa el ochenta y seis un fallido atentado contra Pinochet, agregando bencina a un conflicto que ya estaba muy encendido.

Dado el fracaso de las protestas y la lucha armada para derrocar al régimen y entendiendo que por esta vía no se había avanzado nada, la oposición, acepta participar en el plebiscito establecido en la Constitución del Ochenta y tratar de derrotar a Pinochet en las urnas, lo que el Partido Comunista y otros grupos de izquierda no ven como posible ni aceptable.

Finalmente, agrupados en la denominada Concertación de Partidos por el NO, demócratas cristianos, socialistas, radicales, humanistas y otros, se lanzan una campaña sin precedente, logrando una victoria rotunda con el cincuenta y cuatro por ciento de las preferencias, el cinco de octubre del ochenta y ocho. Esto significó un llamado a elecciones que se realizarían en diciembre del ochenta y nueve.

Alfredo estaba muy entusiasmado con las elecciones, principalmente por sus creencias democráticas, pero también por su cercanía con Patricio Aylwin, quien era el candidato de su preferencia. Alfredo había ayudado en el comando, siempre secretamente y con un muy bajo perfil y estaba muy entusiasmado con la posible victoria.

Quedaba menos de un mes para las elecciones, cuando Alfredo se cayó en la ducha. Las hijas al llegar a la casa se encontraron con la Unidad Coronaria Móvil y con su madre llorando. Alfredo no reaccionaba y lo estaban subiendo al vehículo.

Lo que siguió fue un diagnóstico claro y rotundo. Alfredo estaba en coma y era muy difícil que despertara. Los análisis fueron muy contundentes en cuanto a que el golpe había causado daños irreparables y que ahora solamente había que esperar el desenlace.

Tal como lo había conversado muchas veces, Ana sabía que tenía que contarles la verdad a sus hijas, ya que Alfredo tendría que ser enterrado en un cementerio judío tal como habían acordado. La pregunta que se hacía Ana era cuándo y cómo. Decidió que, si no pasaba nada antes, le contaría a toda la familia para su cumpleaños el diecisiete de marzo del año siguiente.

Eso fue exactamente lo que sucedió. Lo demás es historia, historia de una familia.

Ari Wurmann

Epílogo
Santiago de Chile, julio 1999

Era una tarde fría pero soleada de fines de julio de mil novecientos noventa y nueve. Ese día, quizás simplemente por no tener más ganas de vivir y querer reencontrarse con su Alfredo, Ana Singer o Jana Unger simplemente no despertó. Habían pasado ya nueve años del fallecimiento de su marido y quizás ya había cumplido con su rol de matriarca, contado toda su historia y visto a sus hijas primero procesarla, luego asumirla y por último atesorarla.

En los últimos años había visto a varios de sus nietos casarse, se había convertido en bisabuela, había disfrutado del Bar Mitzva de algunos de sus nietos e incluso casarse por la Jupa a una de sus hijas. Muchas de estas cosas nunca ni las soñaba, ni cuando en el lejano año cuarenta y cinco decidieron que nunca revelarían que eran judíos ni tampoco hace nueves años, antes de que Alfredo falleciera.

El Cementerio Israelita de Recoleta estaba absolutamente repleto. Amistades de Alfredo, amigos de la familia, el grupo del té de Ana, incluso gente del gobierno, estaban ahí presentes y obviamente las hijas y los nietos. Incluso Sofía y Ricardo que viajaron desde Israel y Alejandro y

Sebastián que viajaron desde Estados Unidos. Nadie podía faltar.

Rab Zalman, comenzó contando que cuando conoció a Ana, en la clínica el día que falleció a Alfredo se dio cuenta inmediatamente que Ana era especial. No solamente tenía un brillo en los ojos únicos, sino que luego cuando conversó con ella, se dio cuenta de que su historia era impresionante. Ana, dijo Rab Zalman, era una mujer fuerte y muy luchadora, pero por, sobre todo, era una mujer que entregaba su vida por su familia. Ella sobrevivió al holocausto para que ustedes, sus familiares hoy puedan estar vivos y muchos de ustedes incluso llevar una vida judía, después de todo lo vivido. Ana deja un legado de lucha y perseverancia que debe ser un orgullo para todos ustedes.

Luego le cedió la palabra a Ricardo o mejor dicho Daniel, quien, vestido de traje negro y camisa blanca, venía casi bajando de un avión proveniente de Israel.

Al comenzar a hablar, Ricardo, explicó que él estudiaba en una Yeshiva en Jerusalén y que su abuela hace varios meses le pidió que hablara en su funeral cuando esto sucediera. Entonces Ricardo dijo: "Querida Nana, tal como tú me lo pediste, aquí estoy, hablándole a todos en tu funeral. No es fácil despedir a la abuela más especial del mundo. No es fácil saber qué decir cuando habría que estar alabando cada detalle tuyo. Tú, eras especial e hiciste nuestras vidas especiales.

Naciste en Czernowitz hace setenta y nueve años. Con el Tata, vivieron los horrores de la guerra y luego llegaron a Chile. Nunca los vimos tristes. Nunca supimos cuánto habían pasado hambre y sufrido durante la guerra. Luego del fallecimiento del Tata nos contaste vuestra verdad y a varios sino a todos, nos cambió la vida. Algunos abrazamos el judaísmo con amor e intensidad y nos hicimos religiosos, otros tomaron el legado judío desde una forma más cultural o histórica.

Otros simplemente decidieron que esto no les afectaba en nada y decidieron seguir su vida tal cual, pero hay algo que tú me enseñaste y que no podemos olvidar. No importa como uno lleve su legado histórico ni como se sienta, uno no deja de ser quien es. Nana, querida, hace unas semanas un rabino en Israel me contó la siguiente historia. El rabino ortodoxo de barba larga y sombrero se subió a un taxi en Tel Aviv y el taxista era un típico israelí no religioso. El rabino le dijo, hola "Ají", mi hermano en hebreo. El taxista le respondió, nosotros no somos hermanos. Tu eres religioso y yo no. No tenemos nada que ver.

El rabino le contestó que hace muchos años atrás un personaje histórico muy importante le había enseñado, que daba lo mismo, si uno es religioso o no. Si practicas el judaísmo o no. Si te sientes judío o no. Todos somos hermanos. El taxista, entonces le preguntó quién era ese personaje. Y el rabino le contesta: Adolf Hitler.

Nana, tú nos enseñaste a hacer familia, tú nos enseñaste que pase lo que pase, hagamos lo que hagamos, todos somos hermanos. Te amamos Nana".

Ari Wurmann

Glosario

Aliá: En hebreo significa literalmente ascender. es el término utilizado para llamar a la inmigración judía a la Tierra de Israel.

Beit Din: Corte judía.

Bar Mitzvá: Literalmente, significa "Hijo de Mitzvá", que describe al joven ahora responsable de hacer todas las Mitzvot (preceptos). Es una ceremonia que se realiza cuando el joven judío cumple 13 años.

Brajot: Bendiciones. Plural de braja.

Bekishes: Trajes negros de seda que usan en Shabat los judíos jasídicos.

Bris – Brit milá: Ceremonia de circuncisión del niño judío.

Derej: Camino en hebreo.

Goyim: Gentiles en hebreo. Plural de Goy.

Hashem: Es un término en hebreo que significa literalmente 'El Nombre'. Se utiliza para evitar referir el nombre de Dios.

Hashomer Hatzair: Movimiento fundado en 1913 en Polonia, con el objetivo de integrar y educar a los jóvenes judíos hacia un profundo sentimiento de identidad con su pueblo sin perder el sentido típico de un movimiento scout.

Haskalá: Movimiento intelectual judeo-europeo que adoptó valores de la Ilustración a fines del siglo XVIII y que buscaba integrarse a la sociedad circundante y a los conocimientos seculares de Europa.

Hatikva: Esperanza en hebreo. Nombre del himno nacional de Israel.

Idish: Del alemán, literalmente significa "judío" se refiere al idioma desarrollado por judíos europeos (ashkenazíes) a partir del siglo X y que mezcla alemán antiguo con hebreo antiguo y algunos vocablos eslavos y arameos. Se escribe utilizando el alefato hebreo.

Iom Haatzmaut: Dia de la independencia de Israel.

Jabad Lubavitch: Organización judía jasídica presente en la mayoría de los países del mundo.

Jala Agula: Pan trenzado en forma de circulo que se prepara y come en la fiesta de Rosh Hashana (año nuevo judío).

Jovevei Sion: Amantes de Sion. Nombre de un movimiento popular, social y nacional judío, que estuvo activo entre finales del siglo XIX y principios del siglo XX. Su objetivo era la renovación del pueblo judío, mediante el retorno a Sion, y la construcción de una patria judía en su amada tierra.

Kasher – Kosher: La palabra kosher significa apto o adecuado. Es utilizado para mostrar que alimentos son aptos o no son aptos para ser consumidos por los judíos.

Kashrut: Todo aquello que cumple con los preceptos de la kashrut es kasher.

Kehila: Comunidad en hebreo.

Kidush: Bendición que se recita sobre el vino en Shabat o las fiestas.

Maskilim: Seguidores de la Haskalá.

Mazel Tov: Buena suerte en hebreo. Frecuentemente se utiliza para desear felicidades.

Mitzvah: Precepto o mandamiento. En plural Mitzvot.

Ari Wurmann

Parashá: es el nombre dado a cada una de las 54 partes en la que se divide la Torá (Pentateuco) en el judaísmo, para así facilitar su lectura a lo largo de un ciclo anual.

Progrom: palabra de origen ruso que significa "causar estragos El término ha sido usado para denotar actos de violencia contra los judíos.

Peyeh: Mechones largos de pelo a los lados de la cabeza delante de las orejas. Peyos en plural.

Refua Shlema: Sanación o curación pronta y completa.

Rosh: Cabeza o líder.

Shabat: Literalmente sábado. Dia del descanso para los judíos.

Shema: Literalmente escucha en hebreo. Shema Israel es el rezo mas importante en el judaísmo.

Shül: Sinagoga en Idish.

Shtreimel: Es un sombrero de piel utilizado por muchos judíos jasídicos casados en Shabat y las fiestas.

Minyan: quórum mínimo de diez personas adultas (entiéndase mayores de 13 años), requerido según el judaísmo para la realización de ciertos rituales, el cumplimiento de ciertos preceptos o la lectura de ciertas oraciones.

Tahara: Ritual judío de lavado y purificación al cuerpo antes de ser enterrado.

Tehilim: Libro de los Salmos.

Treif: No Kasher.

Yeshiva: Centro de estudios de la Torá y del Talmud.